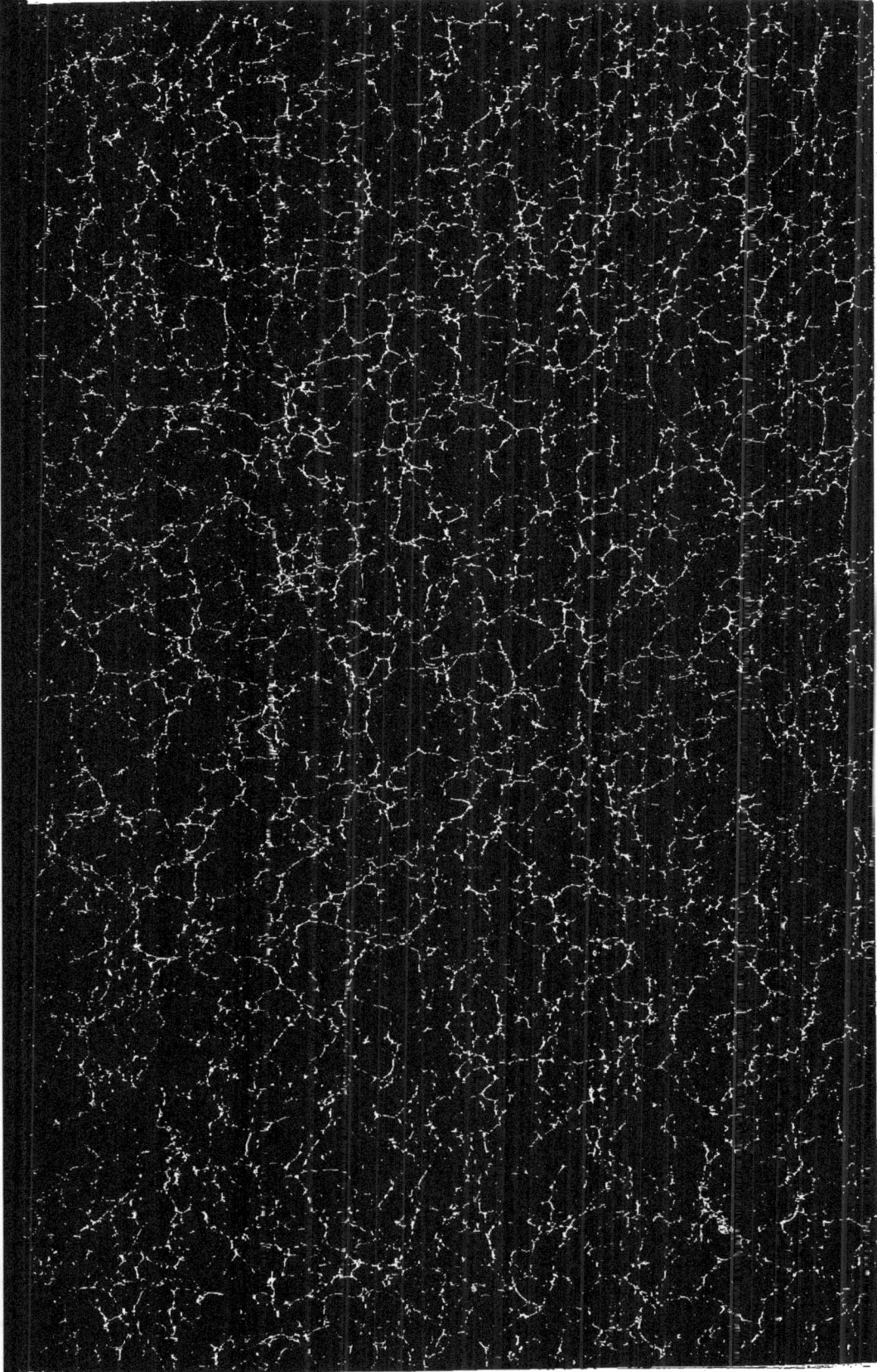

VIE

DE RANCÉ.

IMPRIMÉ PAR BÉTHUNE ET PLON, A PARIS.

VIE
DE RANCÉ,

PAR

M. LE Vᵀᵉ DE CHATEAUBRIAND.

SECONDE ÉDITION,
REVUE, CORRIGÉE ET AUGMENTÉE.

PARIS.

H.-L. DELLOYE, ÉDITEUR.

SE VEND :

A LA LIBRAIRIE GARNIER FRÈRES

PALAIS-ROYAL, PÉRISTYLE MONTPENSIER, 214.

TABLE.

DÉDICACE.

A la mémoire de l'abbé Séguin, prêtre de Saint-Sulpice, né à Carpentras le 8 août 1748, mort à Paris, à 95 ans, le 19 avril 1843.

CHATEAUBRIAND.

AVERTISSEMENT

DE CETTE SECONDE ÉDITION.

J'ai suivi dans cette édition tous les changements qui m'ont été indiqués. On ne peut me faire plus de plaisir que de m'avertir quand je me suis trompé : on a toujours plus de lumière et plus de savoir que moi.

AVERTISSEMENT

DE LA PREMIÈRE ÉDITION.

Je n'ai fait que deux dédicaces dans ma vie : l'une à Napoléon, l'autre à l'abbé Séguin. J'admire autant le prêtre obscur qui donnait sa bénédiction aux victimes qui mouraient à l'échafaud, que l'homme qui gagnait des victoires. Lorsque j'allais voir, il y a plus de vingt ans, mesdemoiselles d'Acosta (cousines de madame de Châteaubriand, alors au nombre de quatre, et qui ne sont plus que deux), je rencontrais, rue du Petit-Bourbon, un prêtre vêtu d'une soutane relevée dans ses poches : une calotte noire à l'italienne lui couvrait la tête; il s'appuyait sur une canne, et allait, en marmottant son bréviaire, confesser, dans le faubourg Saint-Honoré, madame de Monboissier, fille de M. de Malesherbes. Je le retrouvai plusieurs fois aux environs de Saint-Sulpice; il avait peine à se défendre d'une troupe de men-

diantes qui portaient dans leurs bras des enfants
empruntés. Je ne tardai pas à connaître plus
intimement cette proie des pauvres, et je le visitais
dans sa maison, rue Servandoni, n° 16. J'entrais
dans une petite cour mal pavée ; le concierge allemand ne se dérangeait pas pour moi : l'escalier
s'ouvrait à gauche au fond de la cour, les marches
en étaient rompues ; je montais au second étage ;
je frappais ; une vieille bonne vêtue de noir venait
m'ouvrir : elle m'introduisait dans une anticham-
bre sans meubles où il n'y avait qu'un chat jaune
qui dormait sur une chaise. De là je pénétrais
dans un cabinet orné d'un grand crucifix de bois
noir. L'abbé Séguin, assis devant le feu et séparé
de moi par un paravent, me reconnaissait à la
voix : ne pouvant se lever, il me donnait sa bénédiction et me demandait des nouvelles de ma
femme. Il me racontait que sa mère lui disait
souvent dans le langage figuré de son pays : « Rap-
» pelez-vous que la robe des prêtres ne doit ja-
» mais être brodée d'avarice. » La sienne était

brodée de pauvreté. Il avait eu trois frères, prêtres comme lui, et tous quatre avaient dit la messe ensemble dans l'église paroissiale de Sainte-Maure. Ils allèrent aussi se prosterner à Carpentras sur le tombeau de leur mère. L'abbé Séguin refusa de prêter le serment : poursuivi pendant la révolution, il traversa un jour en courant le jardin du Luxembourg et se sauva chez M. de Jussieu, rue Saint-Dominique-d'Enfer. En quittant le Luxembourg pour la dernière fois en 1830, je passai de même à travers le jardin solitaire avec mon ami, M. Hyde de Neuville. De tristes échos se réveillent dans les cœurs qui ont retenu le bruit des révolutions.

L'abbé Séguin rassemblait, dans des lieux cachés, les chrétiens persécutés. L'abbé Antoine, son frère, fut arrêté, mis aux Carmes et massacré le 2 septembre. Quand cette nouvelle parvint à Jean-Marie, il entonna le *Te Deum*. Il allait déguisé, de faubourg en faubourg, administrer des secours aux fidèles. Il était souvent accompagné de femmes pieuses et dévouées ; madame Choque passait pour sa fille ; elle faisait le guet et était chargée d'avertir le confesseur. Comme il était grand et fort, on l'enrôla dans la garde nationale. Dès le lendemain de cet enrôlement, il fut envoyé avec quatre hommes, visiter une maison, rue Cassette. Le ciel lui apprit ce qu'il avait à faire : il demande avec fracas que les appartements lui soient ouverts. Il aperçoit un tableau placé contre un mur et qui cachait ce qu'il ne voulait pas trouver. Il en approche, soulève avec sa baïonnette un coin de ce tableau, et s'aperçoit qu'il bouche une porte. Aussitôt, changeant de ton, il reproche à ses camarades leur inactivité, leur donne l'ordre d'aller visiter les chambres en face du cabinet que dérobait le tableau. Pendant que la religion inspirait ainsi l'héroïsme à des femmes et à des prêtres, l'héroïsme était sur le champ de bataille avec nos armées : jamais les Français ne furent si courageux et si infortunés. Dans la suite l'abbé Séguin, ayant vu quel parti

on pouvait tirer de la garde nationale, était toujours prêt à s'y présenter. Le mensonge était sublime, mais il n'en offensait pas moins l'abbé
Séguin, parce qu'il était mensonge. Au milieu de
ses violents sacrifices, il tombait dans un silence
consterné qui épouvantait ses amis. Il fut délivré
de ses tourments par suite du changement des
choses humaines. On passa du crime à la gloire,
de la république à l'empire.

C'est pour obéir aux ordres du directeur de
ma vie que j'ai écrit l'histoire de l'abbé de
Rancé. L'abbé Séguin me parlait souvent de ce
travail, et j'y avais une répugnance naturelle.
J'étudiai néanmoins, je lus, et c'est le résultat de
ces lectures qui compose aujourd'hui la Vie de
Rancé.

Voilà tout ce que j'avais à dire. Mon premier
ouvrage a été fait à Londres en 1797, mon dernier à Paris en 1844. Entre ces deux dates, il n'y
a pas moins de quarante-sept ans, trois fois l'espace que Tacite appelle une longue partie de la vie

humaine : « *Quindecim annos, grande mortalis
œvi spatium.* » Je ne serai lu de personne, excepté
peut-être de quelques arrière-petites-nièces habi-
tuées aux contes de leur vieil oncle. Le temps s'est
écoulé ; j'ai vu mourir Louis XVI et Bonaparte ;
c'est une dérision que de vivre après cela. Que
fais-je dans le monde ? Il n'est pas bon d'y demeurer lorsque les cheveux ne descendent plus
assez bas pour essuyer les larmes qui tombent
des yeux. Autrefois je barbouillais du papier avec
mes filles, Atala, Blanca, Cymodocée ; chimères
qui ont été chercher ailleurs la jeunesse. On remarque des traits indécis dans le tableau du Déluge, dernier travail du Poussin : ces défauts du
temps embellissent le chef-d'œuvre du grand
peintre, mais on ne m'excusera pas : je ne suis
pas Poussin, je n'habite point au bord du Tibre,
et j'ai un mauvais soleil.

VIE
DE RANCÉ.

LIVRE PREMIER.

Don Pierre Le Nain, religieux et prieur de l'abbaye de la Trappe, frère du grand Tillemont et presque aussi savant que lui, est reconnu comme le plus complet historien de Rancé. Il commence ainsi la vie de l'abbé réformateur :

« L'illustre et pieux abbé du monastère de
» Notre-Dame de la Trappe, l'un des plus beaux
» monuments de l'ordre de Cîteaux, le parfait
» miroir de la pénitence, le modèle accompli de
» toutes les vertus chrétiennes et religieuses, le
» digne fils et le fidèle imitateur du grand saint
» Bernard, le révérend père *dom Armand-Jean Le
» Bouthillier de Rancé*, de qui, avec le secours du
» ciel, nous entreprenons d'écrire l'histoire, na-
» quit à Paris le 9 janvier 1626, d'une des plus

1

» anciennes et illustres familles du royaume. Il
» n'y a personne qui ne sache qu'elle a donné à
» l'Église monseigneur Victor Le Bouthillier, évê-
» que de Boulogne, depuis archevêque de Tours,
» premier aumônier de M. le duc d'Orléans ;
» monseigneur Sébastien Le Bouthillier, évêque
» d'Aire, prélat d'une piété singulière ; et à l'État
» Claude Le Bouthillier, sieur de Pons et de Fo-
» ligny, qui fut d'abord conseiller au parlement
» de Paris, ensuite secrétaire d'État, et quelques
» années après, surintendant des finances et grand-
» trésorier des ordres du roi. Cette famille, qui
» tirait son origine de Bretagne et touchait de
» parenté aux ducs de cette province, a été en-
» core plus ennoblie par la sainteté de celui dont
» nous écrivons la vie.

» Son père se nommait Denis Le Bouthillier,
» seigneur de Rancé, maître des Requêtes, pré-
» sident en la Chambre des Comptes et secrétaire
» de la reine Marie de Médicis. Il épousa Char-
» lotte Joly, de laquelle il eut huit enfants : cinq
» filles, qui se firent religieuses presque toutes,
» et trois garçons. Le premier, Denis-François
» Le Bouthillier, fut chanoine de Notre-Dame de
» Paris ; le second fut notre digne abbé ; le troi-
» sième est le chevalier de Rancé, qui servit Sa

» Majesté en qualité de capitaine du port de Mar-
» seille et de chef d'escadre.

» Comme notre abbé avait été baptisé en la
» maison de son père, sans les cérémonies or-
» dinaires de l'Église, elles furent suppléées le
» 30 mai 1627 en la paroisse de Saint-Côme et
» Saint-Damien. L'éminentissime cardinal de Ri-
» chelieu fut son parrain, et lui donna le nom
» d'Armand-Jean; il eut pour marraine Marie de
» Fourcy, femme du marquis d'Effiat, surinten-
» dant des finances. »

Tel est le début du Père Le Nain. Le désert se
réjouit, le réformateur de la Trappe se montre au
monde entre Richelieu, son protecteur, et Bossuet, son ami. Il fallait que le prêtre fût grand
pour ne pas disparaître entre ses acolytes.

Le frère aîné de Rancé, Denis-François, le
chanoine de Notre-Dame, était, dès le berceau,
abbé commendataire de la Trappe; la mort de
Denis rendit Armand le chef de sa famille : il hé-
rita de l'abbaye de son frère par cet abus des
bénéfices convertis en espèce de biens patrimo-
niaux. Admis dans l'ordre de Malte, quoiqu'il fût
devenu l'aîné, ses parents le laissèrent dans la
carrière de l'Église.

Le père de Rancé, frappé des dispositions de

1.

son fils, lui donna trois précepteurs : le premier lui montrait le grec, le second le latin, le troisième veillait sur ses mœurs; traditions d'éducation qui remontaient à Montaigne. Les parlementaires étaient alors très - érudits, témoin Pasquier et le président Cousin. A peine sorti des langes, Armand expliquait les poètes de la Grèce et de Rome. Un bénéfice étant venu à vaquer, on mit sur la liste des recommandés le filleul du cardinal de Richelieu; le clergé murmura, le P. Caussin, jésuite et confesseur du roi, fit appeler l'abbé en jaquette. Caussin avait un *Homère* sur sa table, il le présenta à Rancé : le petit savant expliqua un passage à livre ouvert. Le jésuite pensa que l'enfant s'aidait du latin placé en regard du texte, il prit les gants de l'écolier et en couvrit la glose. L'écolier continua de traduire le grec. Le P. Caussin s'écria : *Habes linceos oculos*; il embrassa l'enfant, et ne s'opposa plus aux faveurs de la cour.

A l'âge de douze ans (1638), Rancé donna son *Anacréon*. Cette précocité de science est suffisamment démontrée possible par ce que l'on sait de Saumaise et des enfants célèbres. Rancé, à 68 ans, dans une lettre à l'abbé Nicaise, s'avoue l'auteur du commentaire.

L'*Anacréon* grec parut sous la protection du cardinal de Richelieu ; Chardon de La Rochette a fourni la traduction de l'épître dédicatoire. On la pourrait faire plus précise, non plus exacte. Il est curieux d'entendre celui qui devait dédaigner le monde parler à celui qui n'aspirait qu'à en devenir le maître : l'ambition est de toutes les âmes ; elle mène les petites, les grandes la mènent.

L'épître ouvre par ces mots :

« Au grand Armand-Jean, cardinal de Richelieu, Armand-Jean Le Bouthillier, abbé,

» Salut et longue prospérité. Ayant appris de bonne heure à me pénétrer des sentiments de reconnaissance, etc.

» La langue grecque est aussi la langue des saintes Écritures, etc.

» J'ai donné à l'étude de cette langue les mêmes soins qu'à celle des Romains, etc.

» Me dévouant tout entier au service de votre Éminence... »

C'est une des immortalités contradictoires de Richelieu d'avoir eu pour panégyristes Rancé, scoliaste d'*Anacréon*, et Corneille, qui devint à son tour pénitent : *les Horaces* sont dédiés au persécuteur du *Cid*.

Les scolies, dans l'*Anacréon* de Rancé, suivent
une à une les odes : les pièces à la louange du
jeune traducteur, imprimées à la tête de l'ouvrage, ne donnent guère une idée de l'avenir du
saint. Dans les colléges il y avait une sorte d'enfance mythologique qui passait d'une génération
à l'autre. « Quels vœux formes-tu, chantre de
Téos, dit un des rapsodes de ces pièces, brûles-
tu pour Bathille, pour Bacchus, pour Cythérée?
Aimes-tu les danses des jeunes vierges, voici Armand (de Rancé) qui l'emporte sur Bathille et sur
les jeunes vierges; si tu possèdes Armand, vis
heureux. »

Singulière annonciation du saint. Je me sou-
viens qu'un de nos régents nous expliquait en classe
l'églogue d'Alexis : Alexis était un écolier indocile,
qui refusait d'écouter les paroles de son affectueux
maître. Candide pudeur chrétienne !

Rancé subséquemment jeta au feu ce qu'il lui
restait du tirage de l'*Anacréon*, dont on trouve
néanmoins des exemplaires à la Bibliothèque du
roi. Un voyageur anonyme qu'on sait être aujour-
d'hui l'abbé Nicaise, dans un voyage fait à la
Trappe du vivant de Rancé, raconte une conversation qu'il eut avec l'abbé. Celui-ci lui dit :
« qu'il n'avait gardé dans sa bibliothèque qu'un

» exemplaire de l'*Anacréon*, qu'il avait donné cet
» exemplaire à M. Pelisson, non pas comme un
» bon livre, mais comme un livre fort propre et
» fort bien relié; que dans les deux premières
» années de sa retraite, avant que d'être religieux,
» il avait voulu lire les poètes, mais que cela ne
» faisait que rappeler ses anciennes idées, et qu'il
» y a dans cette lecture un poison subtil, caché
» sous des fleurs, qui est très-dangereux, et qu'en-
» fin il avait quitté tout cela (1). »

Il écrivait à l'abbé Nicaise, le 6 avril 1692 :
« Ce que j'ai fait sur *Anacréon* n'est rien de con-
» sidérable; qu'est-ce que l'on peut penser à l'âge
» de douze ans qui mérite qu'on l'approuve! j'ai-
» mais les lettres et je m'y plaisais, voilà tout. »

Protégé de Richelieu et chéri de la reine-mère,
Rancé entrait dans la vie sous les auspices les
plus heureux. Marie de Médicis avait pour lui une
tendresse d'aïeule, elle le tenait sur ses genoux,
le portait, le baisait; elle dit un jour au père de
Rancé : « Pourquoi ne m'avez-vous pas encore
» amené mon fils? je ne prétends pas être si long-
» temps sans le voir! » On aurait pris ces caresses pour le comble de la fortune; mais elles

---

(1) *Correspondances de l'abbé Nicaise*, 5 vol. in-4° (Bib. royale).

venaient de la veuve de Henri IV et de la mère de la femme de Charles Ier. Il ne manquait rien à l'opulence de l'écolier : pourvu d'un canonicat de Notre-Dame de Paris, et abbé de la Trappe, il jouissait du prieuré de Boulogne près de Chambor, de l'abbaye de Notre-Dame-du-Val, de Saint-Symphorien de Beauvais ; il était prieur de Saint-Clémentin en Poitou, archidiacre d'Outre-Mayenne dans l'église d'Angers et chanoine de Tours, faveurs obtenues de Richelieu par le crédit d'*Anacréon*.

Vers cette époque le jeune Bouthillier aurait eu à subir une épreuve : Richelieu s'était brouillé avec Marie de Médicis. La reine italienne aurait mieux fait de continuer d'élever le Luxembourg et l'aqueduc d'Arcueil, de perfectionner son propre portrait gravé en bois par elle-même. Bouthillier le père, qui demeurait attaché à la fortune de Marie, voulut contraindre Rancé à cesser d'aller chez son parrain ; Rancé resta fidèle au cardinal et le vit secrètement jusqu'à sa mort. Telles sont les traditions conservées dans les biographies, mais la chronologie les renverse ; lorsque Marie de Médicis se réfugiait dans les Pays-Bas, Rancé n'avait que trois à quatre ans.

Richelieu mourut le 4 décembre 1642, dans la

dix-huitième année de son ministère : le génie est une royauté par l'ère de laquelle il faut compter. *Le Père Joseph*, *Marion de Lorme*, *la Grande pastorale*, sont des infirmités ensevelies avant celui auquel elles furent attachées.

Sous la régence d'Anne d'Autriche et le ministère de Mazarin, Rancé poursuivit son éducation. Dans ses cours de philosophie et de théologie, il obtint des succès que la société d'alors voyait avec un vif intérêt : il dédia sa thèse à la mère de Louis XIV. Un jour, poussé par un professeur qui appuyait son opinion sur un passage concluant d'Aristote, il répondit qu'il n'avait jamais lu Aristote qu'en grec, et que, si l'on voulait lui produire le texte, il tâcherait de l'expliquer. Le professeur ne savait pas le grec; ce que Rancé avait soupçonné. Alors l'abbé cita de mémoire l'original et fit voir la différence qui existait entre le texte et la version latine.

Rancé eut le bonheur de rencontrer aux études un de ces hommes auprès desquels il suffit de s'asseoir pour devenir illustre, Bossuet. Rancé commença par la cour et finit par la retraite, Bossuet commença par la retraite et finit par la cour; l'un grand par la pénitence, l'autre par le génie. Dans sa licence, Bossuet n'atteignit qu'à la seconde place; Rancé obtint la première, on attribua ce succès à sa naissance : Rancé n'en triompha pas ; Bossuet n'en fut point humilié.

. Rancé prêcha avec succès dans diverses églises. Sa parole avait du torrent, comme plus tard celle de Bourdaloue; mais il touchait davantage et parlait moins vite.

Dans l'année 1648, s'ouvrit la Fronde, tranchée dans laquelle sauta la France, pour escalader la liberté. Cette bacchanale entachée de sang, brouille les rôles; les femmes devinrent des capitaines; le duc d'Orléans écrivait des lettres adressées *à mesdames les comtesses maréchales-de-camp dans l'armée de ma fille contre le Mazarin.*

Broussel, le conseiller, était le grand homme; Condé, un petit personnage tenu en cage à Vincennes par un prêtre; le coadjuteur attendait à Saint-Denis le sac de Paris. On égorgeait le voisin et l'on se consolait par des vers :

En voyant ces œillets qu'un illustre guerrier...

Mazarin et Turenne étaient des amoureux, l'un de la reine, l'autre de madame de Longueville, tandis que Charles Ier tombait sous la hache de

Cromwell et que la fille de Henri IV mourait de froid au Louvre. Chaque jour voyait naître des gazettes : *le Courrier français* et *le Courrier extravagant* étaient écrits en vers burlesques; à peine rencontre-t-on parmi des choses insipides quelques lignes comme celle-ci :

« Le jeune Tancrède de Rohan fut le premier » qui porta des nouvelles aux Champs-Élysées de » la cruelle guerre que le cardinal Mazarin avait » allumée en France. Le nautonier Caron, ayant » passé ce jeune guerrier dans sa barque, lui » montra les champs délicieux où se divertissent » les princes et les héros ; il lui donna une des » plus jeunes et plus fières Destinées pour l'ac- » compagner jusqu'à la porte de cet admirable » pourpris, où il fut reçu avec regret à cause de » sa jeunesse. »

Plus avant, vous rencontrez le duc *de Jeûne* avec l'*infante Abstinence, sa femme*, se saisissant du *fort de Carême* par l'entremise du *jour des Cendres*.

C'était là la lecture dont se nourrissait le réformateur de la Trappe. Il pouvait errer au milieu des sociétés qui commencèrent avant la Fronde et qui finirent avec elle : en effet, ce fut là qu'il connut madame de Montbazon. Ces sociétés étaient de diverses sortes ; la première et la plus illustre de toutes était celle de l'hôtel de Rambouillet. Arrêtons-nous pour y jeter un regard. On comprendra mieux d'où Rancé était parti, quand on saura de quelle extrémité de la terre il était revenu.

Madame de Rambouillet, fille du marquis de Pisani, et de madame Savelli, dame romaine, avaient, ainsi que plusieurs familles de l'époque de nos Médicis, du sang italien dans les veines. Elle enseigna à Paris la disposition des grands hôtels dont la Renaissance avait déjà indiqué les principes. Quand la reine-mère bâtit le Luxembourg, elle envoya ses architectes étudier l'hôtel de Pisani, devenu l'hôtel de Rambouillet, et situé dans l'espace qu'occupe aujourd'hui la rue de Chartres, ayant vue sur le petit palais de Philibert Delorme : la seconde galerie du Louvre n'a été bâtie que de notre temps. Cet hôtel était le rendez-vous de tout ce qu'il y avait de plus élégant à la cour et de plus connu parmi les gens de lettres. Là, sous la protection des femmes, commença le mélange de la société, et se forma, par la fusion des rangs, cette égalité intellectuelle, ces mœurs inimitables de notre ancienne patrie. La politesse de l'esprit se joignit à la politesse des manières; on sut également bien vivre et bien parler.

Mais le goût et les mœurs ne se jettent pas d'une seule fonte : le passé traîne ses restes dans le présent; il faut avoir la bonne foi de reconnaître les défauts que l'on aperçoit dans les époques sociales. En essayant de curieuses divisions de temps, on s'est efforcé d'accuser Molière d'exagérations dans ses critiques : pourtant il n'a dit que ce que racontent les mémoires, de même que les lettres de Guy Patin, montrent que dans la peinture des médecins, le grand comique n'a pas passé la mesure.

Marini, le Napolitain, reçu avec transport à l'hôtel de Rambouillet, acheva de gâter le goût en nous apportant l'amour des *concetti*. Marie de Médicis faisait à Marini une pension de deux mille écus. Corneille lui-même fut entraîné par ce goût d'outre-monts, mais son grand génie résista : dépouillé de sa calotte italienne, il ne lui resta que cette tête chauve qui plane au-dessus de tout.

Il régnait à l'hôtel de Rambouillet, à l'époque de sa plus ancienne célébrité, un attrait de mauvaise plaisanterie qu'on retrouvait encore dans ma jeunesse au fond des provinces. Ainsi des vêtements rétrécis, afin de persuader à celui qui les reprenait qu'il avait enflé pendant la nuit; ainsi Godeau accoutré en nain de Julie et rompant une lance de paille contre d'Andilly, qui lui donna un soufflet; voilà où en était l'hôtel de Rambouillet. Lorsque Corneille y lut *Polyeucte* on lui déclara que *Polyeucte* n'était pas fait pour la scène. Voiture fut chargé d'aller signifier à Pierre de remettre son chef-d'œuvre dans sa poche. C'est pourtant cette puissante race normande qui a donné Shakspeare à l'Angleterre et Corneille à la France.

On n'aimait pas, à l'hôtel de Rambouillet, les bonnets de coton : Montausier n'eut la permission d'en user qu'en considération de ses vertus. Les femmes portaient, le jour, une canne comme les châtelaines du quatorzième siècle; les mouchoirs de poche étaient garnis de dentelle, et l'on appelait *Lionnes* les jeunes femmes blondes. Rien de nouveau sous le soleil.

Dans une fête que donnait madame de Rambouillet, elle conduisit une nombreuse compagnie vers des rochers plantés de grands arbres. Mademoiselle de Rambouillet et les demoiselles de sa maison, vêtues en nymphes, faisaient le plus agréable spectacle. Julie d'Angennes apparut avec l'arc et le visage de Diane ; elle était si charmante qu'elle vainquit au chant un rossignol et que la tour de Montlhéry haussait le cou dans les nues pour apercevoir ses beaux yeux (1).

Il y avait un cabinet appelé la chambre bleue, à cause de son ameublement de velours bleu rehaussé d'or et d'argent. On y respirait des parfums, on y composait des stances à Zyrphée, reine d'Argennes à la cour d'Arthénice, anagramme du nom de Catherine, faite par Racan pour Catherine de Rambouillet, dont il était amoureux. Celle-ci écrit à l'évêque de Vence : « Je vous souhaite à tout moment dans la loge de » Zyrphée ; elle est soutenue par des colonnes de » marbre transparent, et a été bâtie au-dessus » de la moyenne région de l'air par la reine Zyr- » phée. Le ciel y est toujours serein ; les nuages » n'y offusquent ni la vue ni l'entendement, et de » là tout à mon aise j'ai considéré le trébuche- » ment de l'ange terrestre. » L'*Astrée* de d'Urfé, publié entre 1610 et 1620, florissait à l'hôtel de Rambouillet. C'est par l'*Astrée* que s'introduisirent les longs verbiages d'amour, peut-être nécessaires pour corriger les amours du seizième

_____

(1) *Recueil de chansons manuscrites* (Bib. royale).

siècle. D'Urfé, épris de Diane de Châteaumorand, femme de son frère, dont le mariage fut cassé, épousa Diane.

Tout ce système d'amour, quintessencié par mademoiselle de Scudéri, et géographié sur la carte du royaume de Tendre, se vint perdre dans la Fronde, gourme du siècle de Louis XIV encore au pâturage. Voiture fut presque le premier bourgeois qui s'introduisit dans la haute société; on a des lettres de lui à Julie d'Angennes. Naturellement fat, il voulut baiser le bras de Julie, de laquelle il fut vivement repoussé : le grand Condé le trouvait insupportable : il n'a pas, quoi qu'on en dise, décrit Grenade et l'Alhambra. Puis venaient Vaugelas, Ménage, Gombault, Malherbe, Racan, Balzac, Chapelain, Cottin, Benserade, Saint-Évremont, Corneille, La Fontaine, Fléchier, Bossuet. Les cardinaux de La Valette et de Richelieu passèrent à l'hôtel de Rambouillet, qui toutefois résista à la puissance du maître de Louis XIII. En femmes, on vit successivement venir la marquise de Sablé, Charlotte de Montmorency et mademoiselle de Scudéri, moins jeune et moins simple que madame de Scudéri; enfin, au bout du rôle paraît madame de Sévigné.

Mademoiselle de Scudéri était la grande romancière du temps, et jouissait d'une réputation fabuleuse. Elle avait gâté et soutenu à la fois le grand style, accoutumant les esprits à passer de *Clélie* à *Andromaque*. Nous n'avons rien à regretter de cette époque. Madame Sand l'emporte sur les femmes qui commencèrent la gloire de la France : l'art vivra sous la plume de l'auteur de *Lélia*. L'insulte à la rectitude de la vie ne saurait aller plus loin, il est vrai, mais madame Sand fait descendre sur l'abîme son talent, comme j'ai vu la rosée tomber sur la mer Morte. Laissons-la faire provision de gloire pour le temps où il y aura disette de plaisirs. Les femmes sont séduites et enlevées par leurs jeunes années ; plus tard elles ajoutent à leur lyre la corde grave et plaintive sur laquelle s'expriment la religion et le malheur. La vieillesse est une voyageuse de nuit : la terre lui est cachée ; elle ne découvre plus que le ciel.

Montausier, que la différence de religion avait d'abord empêché d'épouser Julie d'Angennes, rompit par son mariage la première société de l'hôtel de Rambouillet. La *Guirlande de Julie*, un peu fanée, est arrivée jusqu'à nous ; la *Violette* y fait entendre encore sa langue parfumée.

2

Lorsqu'on a à raconter une série d'événements, et qu'on pousse son récit jusqu'à la mort des personnages, on parvient à cette gravité des enseignements, qui résulte des variations de la vie. La marquise de Rambouillet mourut à l'âge de quatre-vingt-deux ans, en 1665. Il y avait déjà long-temps qu'elle n'existait plus, à moins de compter des jours qui ennuient. Elle avait fait son épitaphe :

> Et si tu veux, passant, compter tous ses malheurs,
> Tu n'auras qu'à compter les moments de sa vie.

Tel est le secret de ces moments qui passent pour heureux.

Madame de Montausier expira le 13 avril 1671, à l'âge de 64 ans. Nommée gouvernante des enfants de France lors de la grossesse de Marie-Thérèse d'Autriche, ensuite dame d'honneur de la reine lorsque la duchesse de Navailles donna sa démission, elle fut effrayée de l'apparition de M. de Montespan, ce mari de l'Alcmène de Molière, qu'elle crut voir dans un passage obscur et qui la menaçait. Julie d'Angennes se reprochait la flatterie de son silence. Responsable des devoirs que lui imposait le nom de son mari, elle semblait avoir

ouï l'apostrophe de l'orateur aux cendres de Montausier : « Ce tombeau s'ouvrirait, ses cendres se
» ranimeraient pour me dire : Pourquoi viens-tu
» mentir pour moi, qui ne mentis jamais pour
» personne? » Madame de Montausier se retira,
languit et disparut : on entendit à peine se refermer sa tombe.

Hélas ! une des plus belles renommées commencées à l'hôtel de Rambouillet s'ensevelit à Grignan,
à la source de son immortalité. Madame de Sévigné ne s'était pas fait illusion sur sa jeunesse,
comme madame de Montausier. Elle écrivait à sa
fille : « Je vois le temps accourir et m'apporter en
» passant l'affreuse vieillesse. » Elle écrivait encore
à ses enfants : « Vous voilà donc à nos pauvres
» Rochers. » Et c'était là qu'avait habité long temps
madame de Sévigné elle-même. La lettre datée de
Grignan, du 29 mars 1696, quatre ans avant la
mort de Rancé, regarde le jeune Blanchefort,
« arraché comme une fleur que le vent emporte. »
Cette lettre est une des dernières de l'Épistolaire ;
plainte du vent qui passe sur un tombeau. « Je
» mérite, dit-elle, d'être mise dans la hotte où
» vous mettez ceux qui vous aiment, mais je crains
» que vous n'ayez point de hottes pour ces der-
» niers. » Ces hottes ne pèsent guère ; elles ne

2.

portent que des songes. On se plaît mélancolique-
ment à voir dans quel cercle roulaient les idées
dernières de madame de Sévigné : on ne dit pas
quelle fut sa parole fatidique. On aimerait à avoir
un recueil des derniers mots prononcés par les
personnes célèbres ; ils feraient le vocabulaire de
cette région énigmatique des sphinx par qui en
Égypte l'on communique du monde au désert

A Rome qu'avait habitée madame des Ursins,
alliée de madame de Rambouillet, madame des
Ursins ne se pouvait résoudre à retourner pro-
scrite et vieille : « Occupée du monde, dit Saint-
» Simon, de ce qu'elle avait été et de ce qu'elle
» n'était plus, elle eut le plaisir de voir madame
» de Maintenon oubliée, s'anéantir dans Saint-
» Cyr. »

Et pourtant M. le duc de Noailles vient de faire
de Saint-Cyr une restauration admirable. En nous
parlant du plaisir que devait trouver madame des
Ursins à prolonger ses jours parmi des ruines,
Saint-Simon regardait apparemment comme plaisir la plus dure des afflictions, le survivre. Heureux l'homme expiré en ouvrant les yeux ! il meurt
aux bras de ces femmes du berceau, qui ne sont
dans le monde qu'un sourire.

Des débris de cette société se forma une multitude d'autres sociétés qui conservèrent les défauts de l'hôtel de Rambouillet sans en avoir les qualités. Rancé rencontra ces sociétés; il n'y put gâter son esprit, mais il y gâta ses mœurs; il eut plusieurs duels, à l'exemple du cardinal de Retz, s'il faut en croire quelques écrits dont on doit néanmoins se défier.

L'hôtel d'Albret et l'hôtel de Richelieu furent les deux grandes dérivations de cette première source d'où sortirent l'hôtel de Longueville et l'hôtel de madame de La Fayette, en attendant les jardins de La Rochefoucauld que j'ai vus encore entiers dans la petite rue des Marais. On tenait ruelle; Paris était distribué en quartiers qui portaient des noms merveilleux; on les peut voir dans le *Dictionnaire des Précieuses*. Le faubourg Saint-Germain s'appelait la Petite Athènes; la place Royale, la place Dorique; le Marais, le quartier des Scholies; l'île Notre-Dame, la place de Délos. Tous les personnages du commencement du XVIe siècle avaient changé d'appellation : témoin le discours de Boileau sur les *héros de roman*. Madame d'Aragonnais était la princesse *Philoxène;* madame d'Aligre, *Thélamyre;* Sarrasin, *Polyandre;* Conrard, *Théodamas;* Saint-Aignan, *Artaban;* Godeau, le *mage de Sidon*.

Loin de là se trouvait une autre société qui prenait le nom du Marais et dont les personnages se mêlaient parfois à ceux de l'hôtel de Rambouillet. Là régnait le grand Condé, et passait Molière; on y rencontrait La Rochefoucauld, Longueville, d'Estrées, La Châtre. Condé avait quitté les *petits-maîtres*, ses premiers compagnons, et n'apprenait plus à monter à cheval avec Arnauld d'Andilly. Molière puisa dans une conversation avec Ninon, qui se trouvait là, la peinture de l'hypocrite dont il fit ensuite le Tartufe.

Ninon, puisque l'histoire, qui malheureusement ne sait point rougir, force à prononcer son nom, paraîtrait cependant n'avoir pas été connue de Rancé. Elle était impie; de là la faveur dont elle a joui dans le XVIIIe siècle; philosophe et courtisane, c'était la perfection. On a fait trop de bruit de la fidélité que mademoiselle de Lenclos mit à rendre un dépôt : cela prouve qu'elle ne volait pas. Son incrédulité passait sous la protection de son esprit : il fallait qu'elle en eût beaucoup pour que mesdames de La Suze, de Castelnau, de La Ferté, de Sully, de Fiesque, de La Fayette, ne fissent aucune difficulté de la voir. Madame de Maintenon, n'étant encore que madame Scarron, était liée avec elle; elle voulut l'appeler à Saint-Cyr. La comtesse Sandwich la recherchait; la reine Christine, s'efforçant de l'emmener à Rome, l'appelait *l'illustre* Ninon; Port-Royal prétendit la convertir. Elle avait exclu Chapelle de sa société pour son ivrognerie; Chapelle jura que pendant un mois il ne se coucherait pas sans être ivre et sans avoir fait une chanson contre Ninon.

Les œuvres de Saint-Évremont renferment huit lettres de mademoiselle de Lenclos, écrites pour l'exilé qui, n'ayant pu obtenir un tombeau dans sa patrie, a un mausolée à Westminster. Saint-Évremont apercevait Paris à l'envers, du fond de Londres; il est vrai qu'il avait auprès de lui le chevalier de Grammont; et, comme Français, l'*Ecossais* Hamilton, sans compter les Italiennes Mazarini. Les lettres de Ninon sont fines de style et de goût :

« Je crois comme vous, dit-elle à Saint-Évre-
» mont, que les rides sont les marques de la sa-
» gesse. Je suis ravie que vos vertus extérieures
» ne vous attristent point. »

Madame de Sévigné aurait-elle parlé plus agréablement de ses *vertus extérieures?*

Le siècle de Louis XIV achève de défiler derrière ce transparent tendu par la main d'une nouvelle habitante de Céa.

On n'a jamais bien su la cause de la disgrâce du correspondant de Ninon et de l'implacabilité de Louis XIV. La lettre politique citée par Saint-Simon, malgré la susceptibilité du roi (fort naturelle après les troubles de sa minorité), ne saurait être la vraie cause de sa disgrâce; il faut qu'il y ait eu quelque blessure secrète : Saint-Evremont avait été lié avec Fouquet, et Fouquet touchait aux lettres de madame de La Vallière.

Les lettres de Saint-Évremont, en réponse à mademoiselle de Lenclos, sont agréables sans être naturelles. On reconnaissait parmi les étrangers ces éclats détachés de la planète de la France, et qui formaient de petites sphères indépendantes de la région dans laquelle elles tournaient. Il est à peu près certain que Saint-Evremont est l'auteur de la conversation du père Canaye avec le maréchal d'Hocquincourt.

L'*Anacréon du Temple*, ainsi appelait-on Chaulieu, parlant de la vieille mademoiselle de Lenclos, assurait que l'amour s'était retiré jusque dans ses rides ; toute cette jeune société avait plus de quatre-vingts ans. Voltaire, au sortir du collège, fut présenté à Ninon. Elle lui laissa deux mille francs pour acquérir des livres, et apparemment le cercueil que l'Égypte faisait tourner autour de la table du festin. Ninon, dévorée du temps, n'avait plus que quelques os entrelacés, comme on en voit dans les cryptes de Rome. Les temps de Louis XIV ne rendent pas innocent ce qui sera éternellement coupable, mais ils agrandissent tout; placez-la hors de ces temps, que serait-ce aujourd'hui que Ninon?

Au moment que paraît Ninon, se lève un nouvel astre, madame Scarron. Elle demeurait avec son mari vers la rue du Mouton. Scarron, étant au Mans, s'était enduit de miel, et roulé dans un tas de plumes, il avait jouté dans les rues en façon de coq. Tout cul-de-jatte qu'il était, il épousa mademoiselle d'Aubigné, belle et pauvre, née dans les prisons de la conciergerie de Niort, élevée au Château-Trompette où Agrippa d'Aubigné avait été transféré. Elle revenait d'Amérique; son père Agrippa y avait passé. L'amiral Coligny avait voulu, dans les Florides, fonder une colonie.

Selon Segrais, mademoiselle d'Aubigné fut recherchée dans son enfance par un serpent: Alexandre est au fond de toute l'histoire. Retirée chez madame de Villette, calviniste, et chez madame de Neuillant, avare, madame de Maintenon commandait dans la basse-cour. Ce fut par ce gouvernement que commença son règne. L'auteur du Roman comique produisit sa femme à l'aide du chevalier de Méré qui appelait la femme de son joyeux ami, sa *jeune Indienne*. Madame Scarron éleva d'abord les bâtards de Louis et de madame de Montespan, dans une maison isolée, au milieu de la plaine de Vaugirard. Ce qui lui fournit l'occasion de voir Louis, dont elle parvint à devenir la femme. Scarron fut chargé de la sorte d'une grande destinée : les nègres nourrissent pour leur maître d'élégantes créatures du désert.

Au centre de la société commençaient les fêtes des Tuileries, bals, comédies, promenades en calèche. Les différents jardins de Fontainebleau paraissaient des jardins enchantés, et, comme on disait, les *déserts des Champs-Élysées*. Louis XIV suivait alors Madame, Henriette d'Angleterre, qui épousa Monsieur.

Mademoiselle de Montpensier raconte que l'on fut une fois trois jours à accommoder sa parure ; sa robe était chamarrée de diamants avec des houppes incarnates, blanches et noires : la reine d'Angleterre avait prêté une partie de ses diamants. Mademoiselle, qui se vantait de sa belle taille, de sa blancheur et de l'éclat de ses cheveux blonds, était laide ; elle avait les dents noires, ce dont elle s'enorgueillissait comme d'une preuve de sa descendance. Sous le cardinal de Richelieu, Mademoiselle avait déjà paru dans le ballet du *Triomphe de la beauté :* elle représentait la Perfection ; mademoiselle de Bourbon, l'Admiration ; mademoiselle de Vendôme, la Victoire.

Les contrastes assaisonnaient ces joies. Mademoiselle, pendant la Fronde, après avoir saisi Orléans pour Monsieur, traversait le Petit-Pont à Paris ; son carrosse s'accroche à la charrette que l'on menait toutes les nuits pleine de morts ; elle ne fit que changer de portière *de crainte que quelques pieds ou mains ne lui donnassent par le nez.* Durant cette révolution, on vivait dans la rue comme en 1792. Mademoiselle fit une visite à Port-Royal ; elle projetait d'avoir dans son désert un couvent de carmélites : confusion scandaleuse de sujets et d'idées que l'on retrouve à chaque pas dans ces temps où rien n'était encore classé.

Le cardinal de Retz était partout : il fréquentait l'hôtel de Chevreuse. Enfin, au Marais et dans l'île Saint-Louis, demeuraient Lamoignon et d'Aguesseau, graves magistrats ; on en égalisait le poids dans leur jeunesse avec un pain, lorsqu'une grosse cavale les portait l'un vis-à-vis de l'autre dans deux paniers. Jadis Henri III aimait à surprendre ces compagnies retirées, et s'asseyait au milieu d'elles sur un bahut.

Sociétés depuis long-temps évanouies, combien d'autres vous ont succédé! les danses s'établissent sur la poussière des morts, et les tombeaux poussent sous les pas de la joie. Nous rions et nous chantons sur les lieux arrosés du sang de nos amis. Où sont aujourd'hui les maux d'hier? Où seront demain les félicités d'aujourd'hui? Quelle importance pourrions-nous attacher aux choses de ce monde? L'amitié? elle disparaît quand celui qui est aimé tombe dans le malheur, ou quand celui qui aime devient puissant. L'amour? il est trompé, fugitif ou coupable. La renommée? vous la partagez avec la médiocrité ou le crime. La fortune? pourrait-on compter comme un bien cette frivolité? Restent ces jours dits heureux qui coulent ignorés dans l'obscurité des soins domestiques, et qui ne laissent à l'homme ni l'envie de perdre ni de recommencer la vie.

Rancé avait l'entrée des salons que je viens de peindre par ses amis de la Fronde, personnages dont nous le verrons porter les lettres de recommandation à Rome. Le cardinal de Retz le logea chez lui près du Vatican Champvallon, archevêque de Paris, était son familier. Champvallon avait l'habileté et l'audace des Sancy ; il agréait à Louis XIV : on croit que le prince le choisit pour la célébration de son mariage avec madame de Maintenon. Celle-ci expia son ambition en osant écrire qu'elle s'ennuyait d'un roi qui n'était plus amusable. Champvallon contraria Bossuet dans l'assemblée du clergé en 1682. Il mourut à Conflans, qu'il avait acheté et qui est resté à l'archevêché de Paris.

Rancé était encore le compagnon de Châteauneuf et de Montrésor, petit-fils de Brantôme. Il chassait avec le duc de Beaufort. Enfin il tenait à tous ces êtres futiles par les familiers de l'hôtel de Montbazon, où sa liaison avec la duchesse de Montbazon l'avait introduit.

Au sortir de la Fronde, l'abbé Le Bouthillier résidait tantôt à Paris, tantôt à Veretz, terre de son patrimoine et l'une des plus agréables des environs de Tours. Il embellissait chaque année sa châtellenie ; il y perdait ses jours à la manière de saint Jérôme et de saint Augustin, comme quand dans les oisivetés de ma jeunesse, je les conduisis sur les flots du golfe de Naples. Rancé inventait des plaisirs : ses fêtes étaient brillantes, ses festins somptueux ; il rêvait de délices et il ne pouvait arriver à ce qu'il cherchait. Un jour, avec trois gentilshommes de son âge, il résolut d'entreprendre un voyage à l'imitation des chevaliers de la Table ronde; ils firent une bourse en commun, et se préparèrent à courir les aventures : le projet s'en alla en fumée. Il n'y avait pas loin de ces rêves de la jeunesse aux réalités de la Trappe.

Ainsi que Catherine de Médicis, dont on voit encore la tour des sortiléges accolée à la rotonde du Marché au blé, Rancé donna dans l'astrologie. Le fonds de religion qu'il avait reçu de son éducation chrétienne combattait ses superstitions; les avertissements qu'il croyait recevoir des astres tournaient au profit de sa conversion future. De même que les anciens observateurs des révolutions sidérales, il connaissait les montagnes de la lune avant que les montagnes de la terre lui fussent connues. Un jour, derrière Notre-Dame, à la pointe de l'île, il abattait des oiseaux : d'autres chasseurs tirèrent sur lui du bord opposé de la rivière; il fut frappé; il ne dut la vie qu'à la chaîne d'acier de sa gibecière : « Que » serais-je devenu, dit-il, si Dieu m'avait appelé » dans ce moment? » Réveil surprenant de la conscience (1)!

_____

(1) *Jugement critique* de dom Gervaise.

Une autre fois, à Veretz, il entend des chasseurs dans les avenues de son château : il court, tombe au milieu d'une troupe d'officiers à la tête desquels était un gentilhomme renommé par ses duels. Rancé s'élance sur le délinquant et le désarme. « Il faut, disait après le braconnier noble, » que le ciel ait protégé Rancé, car je ne puis » comprendre ce qui m'a empêché de le tuer. » On trouve une autre version de cette aventure : Rancé à cheval fut couché en joue par des chasseurs ; il n'était accompagné que d'un jockey, qu'on appelait alors un *petit laquais* : il se jette dans la bande, la fait reculer, et la force à lui demander des excuses.

Avant qu'il eût pris sa route en bas, son ambition le poussait à monter. Tonsuré le 21 décembre 1635, bachelier en théologie en 1647, licencié en 1649, il reçut en 1653 le bonnet de docteur de la faculté de Navarre ; dès 1651 l'archevêque de Tours, dans l'église de Saint-Jacques-du-Haut-Pas, lui avait conféré à la fois les quatre mineurs, le sous-diaconat et le diaconat ; quelques mois après, le 22 janvier 1651, il fut ordonné prêtre.

L'imposition des mains étant faite, il ne restait plus qu'à passer à une cérémonie redoutable.

J'ai entendu, au pied des Alpes vénitiennes, carillonner la nuit en l'honneur d'un pauvre lévite qui devait dire sa première messe le lendemain. Pour Rancé, les ornements et les vêtements préparés à la lumière du jour, étaient magnifiques; mais soit qu'il fût saisi des terreurs du ciel, soit qu'il regardât comme des licences sacriléges celles qu'il avait obtenues, soit qu'il ressentît cette épouvante qui saisissait un trop jeune coupable quand la Rome païenne lui délivrait des dispenses d'âge pour mourir, Rancé s'alla cacher aux Chartreux. Dieu seul le vit à l'autel. Le futur habitant du désert consacra sur la montagne, à l'orient de Jérusalem, les prémices de sa solitude.

« Ce que le monde appelle les belles passions, » dit un des historiens de Rancé, occupait son » cœur : les plaisirs le cherchaient, et il ne les » fuyait pas. Jamais homme n'eut les mains plus » nettes, n'aima mieux à donner et moins à » prendre. »

L'abbé Marsollier, dont je rapporte les paroles, était chargé d'écrire la vie du réformateur par les ordres du roi et de la reine d'Angleterre. Les injonctions de ces majestés tombées impriment à l'expression du serviteur de Dieu ce quelque chose de tempérant et de grave qu'inspire l'infortune.

Mazarin n'aimait pas les hommes qui sortaient de la Fronde; il aimait encore moins les protégés de son devancier et s'opposait à l'avancement de Rancé, Rancé lui-même ne se prêtait pas à cet avancement quand il n'y trouvait pas sa convenance. Peu de temps après avoir reçu la prêtrise, il refusa l'évêché de Léon; il n'en trouvait pas le revenu assez considérable, et la Bretagne était trop loin de la cour. Dom Gervaise raconte que la chasse était un de ses amusements favoris : « On l'a vu plus d'une fois, dit-il, après avoir » chassé trois ou quatre heures le matin, venir » le même jour en poste de douze ou quinze » lieues, soutenir une thèse en Sorbonne ou prê- » cher à Paris avec autant de tranquillité d'esprit » que s'il fût sorti de son cabinet. » Champvallon l'ayant rencontré dans les rues, lui dit : « Où » vas-tu, l'abbé; que fais-tu aujourd'hui? — Ce » matin, répondit-il, prêcher comme un ange, et » ce soir chasser comme un diable (1). »

L'abbé de Marolles, dans ses Mémoires, cite

(1) Jugement critique, mais équitable, des Vies de feu M. l'abbé de Rancé. (GERVAISE.)

3

Rancé : « Cet abbé, dit-il, de qui l'humeur est
» si douce et l'esprit si éclairé, s'il avait plu au
» roi de le nommer coadjuteur de monsieur l'ar-
» chevêque de Tours, son oncle, son oncle en
» eût été ravi, autant pour les avantages de son
» diocèse que pour l'honneur de sa famille. »
« L'archevêque crut d'abord, continue Marolles,
» que ce n'était de ma part que pures civilités;
» mais comme il connut que j'y prenais quelque
» sorte d'intérêt pour les grandes espérances que
» je concevais de la capacité de l'abbé de Rancé,
» il me remercia. » La mère de l'abbé de Marolles,
dont il est ici question, allait à la messe dans un
chariot mené par quatre chevaux blancs pris
sur les Turcs, en Hongrie. Elle portait son
fils à une fontaine qui coulait au travers d'une
saulaie.

L'inclination militaire de Rancé le poussait
dans les lieux d'escrime. Quand il parvenait à
faire sauter le fleuret d'un prévôt d'armes, rien
n'égalait sa joie.

L'habit de fantaisie de celui qui devait revêtir
la bure, était un justaucorps violet d'une étoffe
précieuse; il portait une chevelure longue et fri-
sée, deux émeraudes à ses manchettes, un diamant de prix à son doigt. A la campagne ou à

la chasse, on ne voyait sur lui aucune marque
des autels : « Il avoit, continue Gervaise, l'épée
» au côté, deux pistolets à l'arçon de sa selle, un
» habit couleur de biche, une cravate de taffetas
» noir où pendoit une broderie d'or. Si, dans les
» compagnies plus sérieuses qui le venoient voir,
» il prenoit un justaucorps de velours noir avec
» des boutons d'or, il croyoit beaucoup faire et
» se mettre régulièrement. Pour la messe, il la
» disoit peu. »

Il reste quelques pages de Rancé, intitulées :
Mémoire des dangers que j'ai courus durant ma vie,
et dont je n'ai été préservé que par la bonté de Dieu.
« A l'âge de quatre ans, dit l'auteur du *Memento,*
» je fus attaqué d'une hydropisie de laquelle je
» ne guéris que contre le sentiment de tout le
» monde. A l'âge de quatorze ans, j'eus la petite-
» vérole. Une fois, en essayant un cheval dans une
» cour, l'ayant poussé plusieurs fois et arrêté de-
» vant la porte d'une écurie, le cheval m'emporta ;
» et, comme l'écurie était retranchée, il passa
» deux portes : ce fut une espèce de miracle que
» cela se pût faire sans me tuer. »

Suit cinq à six autres accidents de chevaux ;
ils font honneur au courage et à la présence d'esprit de Rancé. J'ai vu des brouillons de la jeunesse

3.

de Bonaparte; il jalonnait le chemin de la gloire comme Rancé le chemin du ciel.

Ces dangers auxquels le hasard exposait Rancé frappèrent un esprit sérieux chez qui les réflexions graves commençaient à naître. En s'attachant à une femme qui avait déjà franchi la première jeunesse, Rancé aurait dû s'apercevoir que la voyageuse avait achevé avant lui une partie de la route.

Le duc de Montbazon présidait un jour un assaut scolastique dans lequel l'abbé de Rancé était rudement mené. Fatigué des criailleries, le vieux duc se lève, s'avance au milieu de la salle en faisant jouer sa canne comme pour séparer des chiens, et dit en latin à Rancé : *Contra verbosos, verbis ne dimices ultra.* Montbazon, mort en 1644, à l'âge de quatre-vingt-six ans, était né en 1558, sous Henri II. Il avait vu passer la Ligue et la Fronde. Était-il dans la voiture de Henri IV lorsque celui-ci fut assassiné ? Le duc de Montbazon, corrompu par ces temps dépravés qui s'étendirent de François Ier à Louis XIV, faisait confidence à sa femme de ses infidélités octogénaires. Devenu honteusement amoureux d'une joueuse de luth, il se prit de querelle avec la musicienne et la voulut jeter par la fenêtre. La force manqua à sa vengeance ; il retomba sur son lit près du volage fardeau que ne put soulever ni son bras ni sa conscience.

C'était à cette école de remords et de honte, qu'il endoctrinait sa femme âgée de seize ans, fille aînée de Claude de Bretagne, comte de Vertus, et de Catherine Fouquet de La Varennes. Le comte de Vertus avait fait tuer chez lui Saint-Germain-La-Troche, qu'il croyait corrupteur de sa femme. La duchesse de Montbazon était en religion lorsqu'elle épousa son mari. Tandis qu'avec Bassompierre, sorti de la Bastille, le duc de Montbazon s'entretenait du passé, la duchesse de Montbazon s'occupait du présent. Elle disait qu'à trente ans on n'était bonne à rien et qu'elle voulait qu'on la jetât dans la rivière quand elle aurait atteint cet âge.

Hercule de Rohan, gouverneur de Paris, était veuf lorsqu'il épousa la fille du comte de Vertus. Il avait plusieurs enfants d'un autre lit, entre autres la duchesse de Chevreuse : de sorte que madame la duchesse de Montbazon était belle-mère de la duchesse de Chevreuse, quoique infiniment plus jeune que sa belle-fille.

Tallemant des Réaux assure que madame de Montbazon était une des plus belles personnes qu'on pût voir. Le duc de Montbazon et Le

Bouthillier le père étaient liés. Nous venons de voir comment le vieux duc vint au secours du fils dans un assaut scolastique.

Rancé, caressé dans la maison du duc, fut élevé sous les yeux de la jeune duchesse; il résulta de ce rapprochement une liaison. Le duc mourut en 1644; sa femme avait alors trente-deux ans et ne paraissait pas en avoir plus de vingt. Les relations de madame de Montbazon et de Rancé continuèrent; elles ne furent troublées qu'en 1657 par un accident. La duchesse se pensa noyer en traversant un pont qui se rompit sous elle. Le bruit de sa mort se répandit; on lui fit cette épitaphe :

> Ci gît Olympe, à ce qu'on dit :
> S'il n'est pas vrai, comme on souhaite,
> Son épitaphe est toujours faite :
> On ne sait qui meurt, ni qui vit.

Marie de Montbazon devint célèbre. Le duc de Beaufort était son serviteur. On ne se pouvait ouvrir à lui d'aucun secret important à cause de la duchesse, qui n'avait point de discrétion. Elle eut une excuse à faire à madame de Longueville au sujet de deux billets de madame de Fouquerolles adressés au comte de Maulevrier, et qui étaient tombés de la poche de celui-ci. Madame de Montbazon les trouva, prétendit qu'ils étaient de ma-

dame de Longueville et qu'ils regardaient Coligny.
Madame de Montbazon les commenta avec toutes
sortes de railleries. Cela fut rapporté à madame
de Longueville, qui devint furieuse. La cour se
divisa. Les *importants* prirent le parti de madame
de Montbazon, et la reine se rangea du parti de
madame de Longueville, sœur du duc d'Enghien,
dernièrement vainqueur à Rocroi. Les *importants*
étaient un parti composé de *quatre ou cinq mélan-
coliques qui avaient l'air de penser creux* (Retz).
C'était madame de Cornuel qui les avait ainsi
nommés parce qu'ils terminaient leurs discours
par ces mots : « Je m'en vais pour une affaire
» d'importance. » Le duc de Beaufort, le héros
des halles, leur donnait une certaine renommée
vaille que vaille. « Il avait tué le duc de Nemours,
» pleuré des hommes en public et des femmes en
» secrét, » dit Benserade.

Le cardinal Mazarin convertit des tracasseries
de femmes en une affaire d'État. Madame de Longueville exigeait une réparation, et Condé appuyait sa sœur ; madame de Montbazon refusait
toute satisfaction, et le duc de Beaufort la soutenait.

« Durant que j'étais à Vincennes, dit made-
» moiselle de Scudéri, vint madame de Montba-

» zon avec M. de Beaufort; il lui faisait voir toutes
» les incommodités de ce logement, triomphant
» lâchement du malheur d'un prince qu'il n'ose-
» rait regarder qu'en tremblant s'il était en
» liberté. »

Mademoiselle de Scudéri se souvient trop qu'elle
a fait un beau quatrain sur la prison du grand
Condé. Le duc de Beaufort osait regarder tout le
monde en face; il avait même insulté Condé, et
l'avantage de la branche bâtarde était resté aux
illégitimes sur la branche cadette des légitimes.

Après maintes allées et venues pour concilier
madame de Longueville et madame de Montbazon,
on convint, d'après l'avis d'Anne d'Autriche et
de Mazarin, des excuses que madame de Montbazon aurait à faire à madame de Longueville. Ces
excuses furent écrites dans un billet attaché à
l'éventail de madame de Montbazon. Madame de
Montbazon, fort parée, entra dans la chambre de
la princesse; elle lut le petit papier attaché à son
éventail :

« Madame, je viens vous protester que je suis
» très-innocente de la méchanceté dont on m'a
» voulu accuser; il n'y a aucune personne d'hon-
» neur qui puisse dire une calomnie pareille. Si

» j'avois fait une faute de cette nature, j'aurois
» subi les peines que la reine m'auroit imposées ;
» je ne me serois jamais montrée dans le monde
» et vous en aurois demandé pardon. Je vous
» supplie de croire que je ne manquerai jamais
» au respect que je vous dois et à l'opinion que
» j'ai de la vertu et du mérite de madame de
» Longueville. »

La princesse répondit : « Madame, je crois très-
» volontiers à l'assurance que vous me donnez -
» de n'avoir nulle part à la méchanceté que l'on
» a publiée ; je défère trop au commandement que
» la reine m'en a fait. »

« Madame de Montbazon prononça le billet,
» dit madame de Motteville, de la manière du
» monde la plus fière et la plus haute, faisant une
» mine qui sembloit dire : « Je me moque de ce
» que je dis. »

Les deux dames se retrouvèrent dans le jardin
de Renard, au bout du jardin des Tuileries ; madame de Longueville déclara qu'elle n'accepterait
point la collation si sa rivale demeurait ; madame
de Montbazon refusa de s'en aller. Le lendemain
madame de Montbazon reçut un ordre du roi de
se retirer dans une de ses maisons de campagne.

Il y eut un duel entre M. de Guise et M. de Coligny, suite du démêlé.

La hardiesse de madame de Montbazon égalait la facilité de sa vie. Le cardinal de Retz, qui lâchait indifféremment des apophthegmes de morale et des maximes de mauvais lieux, écrivait ses Mémoires lorsqu'on croyait qu'il pleurait ses péchés. Il disait de madame de Montbazon « qu'il n'avait jamais vu personne qui eût montré dans le vice si peu de respect pour la vertu. » Quoique grande, les contemporains trouvaient qu'elle ressemblait à une statue antique, peut-être à celle de Phryné; mais la Phryné française n'eût pas proposé, ainsi que la Phryné de Thespies, de faire rebâtir Thèbes à ses frais, pourvu qu'il lui fût permis de mettre son souvenir en opposition au souvenir d'Alexandre. Madame de Montbazon préférait l'argent à tout.

D'Hocquincourt, ayant fait révolter Péronne, écrivait à madame de Montbazon : « Péronne est à la belle des belles. » S'étant caché dans la chambre de la duchesse, il ne fut pas aussi malheureux que Chastelard, fils naturel de Bayard, sans peur, non sans reproche : Chastelard fut décapité pour s'être caché en Écosse sous le lit de Marie Stuart. Il avait fait une romance sur sa reine aimée :

Lieux solitaires
Et monts secrets
Qui seuls sont secrétaires
De mes piteux regrets.

Il y aurait de l'injustice à ne pas mettre en regard
de ce tableau un pendant tracé d'une main plus
amie : c'est un religieux qui tient le pinceau.

« Dès que la jeune duchesse de Montbazon parut
» à la cour, elle effaça par sa beauté toutes celles
» qui s'en piquaient. Tant que son mari vécut, sa
» sagesse et sa vertu ne furent jamais suspectes;
» se voyant affranchie du joug du mariage, elle se
» donna un peu plus de liberté. L'abbé de Rancé,
» alors âgé de dix-neuf à vingt ans, était déjà de
» l'hôtel de Montbazon. Il eut le don de plaire à
» la duchesse, et elle en sut faire une grande dif-
» férence avec tous ceux qui fréquentaient sa
» maison.

» M. de Rancé le père étant mort, son fils
» l'abbé, devenu le chef de sa maison à l'âge de
» vingt-six ans, le prit d'un grand vol; il parut
» dans le monde avec plus d'éclat qu'il n'avait
» jamais fait : un plus gros train, un plus bel équi-
» page, huit chevaux de carrosse des plus beaux
» et des mieux entretenus, une livrée des plus
» lestes; sa table à proportion. Ses assiduités au-

» près de madame de Montbazon augmentèrent;
» il passait souvent les nuits au jeu ou avec elle;
» elle s'en servait pour ses affaires : une jeune
» veuve a besoin de ce secours. Cette familiarité
» fit bien des jaloux; on en pensa et l'on en dit
» tout ce qu'on voulut, peut-être trop.

» Il est vrai que, de tous ceux qui firent leur cour
» à madame de Montbazon, l'abbé de Rancé fut
» celui qui eut le plus de part à son amitié. Aussi
» c'était un ami véritable et effectif. Il sut en plu-
» sieurs occasions lui rendre des services très-
» considérables; la reconnaissance exigeait de
» cette dame toutes ces distinctions. Au reste ils
» gardaient toujours de grands dehors; ils évi-
» taient même de monter ensemble dans le même
» carrosse; et, pendant plus de dix ans qu'a duré
» leur commerce, on ne les y a jamais vus qu'une
» fois, encore étaient-ils si bien accompagnés
» qu'on ne pouvait s'en formaliser. Ainsi il y a
» quelque apparence que l'esprit avait plus de part
» à cette amitié que la chair.

» La reine Christine de Suède avait envoyé en
» France, en qualité d'ambassadeur, le comte de
» Tot. Il s'était adressé à M. Ménage pour voir ce
» qu'il y avait de plus considérable à la cour, et
» lui demanda enfin si, par son moyen, il ne pour-

» rait pas voir madame de Montbazon dont il avait
» entendu dire tant de bien. M. Ménage, qui, en
» qualité de bel esprit, avait accès auprès de cette
» dame, fut la trouver, et lui dit que l'ambassa-
» deur de Suède, ayant vu tout ce qu'il y avait de
» plus beau à Paris, croyait n'avoir rien vu s'il
» n'avait l'honneur de voir la plus belle personne
» du monde, qu'il lui demandait la permission de
» l'amener chez elle : « Qu'il vienne après-demain,
» répondit la duchesse, et qu'il se tienne ferme :
» je serai sous les armes. »

Tel est le récit de dom Gervaise. Madame de
Montbazon ne vint point au rendez-vous. Déjà
atteinte de la maladie qui l'emporta, elle ne parut
sous les armes que devant la mort.

Malgré la dissimulation du peintre, on aperçoit
le défaut principal de madame de Montbazon et
le parti qu'elle savait tirer de son ami *véritable* et
effectif.

Heureusement des femmes moins titrées rache-
taient par leur désintéressement la rapacité des
privilégiées.

Renée de Rieux, autrement la *belle Château-*
neuf, aimée de Henri III, fut mariée deux fois :
elle épousa d'abord *Antinotti,* qu'elle poignarda
pour cause d'infidélité; ensuite *Altovitti* de Cas-

tellane, qui fut tué par le grand-prieur de France; *Altovitti* eut le temps, avant d'expirer, d'enfoncer un stylet dans le ventre du grand-prieur. Ces assassinats de l'aristocratie ne furent point punis; ils étaient alors du droit commun; on ne les châtiait que dans les vilains.

La belle Châteauneuf accoucha en Provence d'une fille qui fut tenue sur les fonts de baptême par la ville de Marseille. Puis Renée de Rieux disparaît. Sa fille, Marcelle de Castellane, fut laissée sur la grève de Notre-Dame-de-la-Garde comme une alouette de mer. Ce fut là que le duc de Guise, fils du Balafré, la rencontra. Il n'était pas beau, ainsi que son grand-père tué à Orléans, ou son père assassiné à Blois; mais il était hardi; il s'était emparé de Marseille pour Henri IV, et il portait le nom de Guise.

Marcelle de Castellane lui plut; elle-même se laissa prendre d'amour : sa pâleur, étendue comme une première couche sous la blancheur de son teint, lui donnait un caractère de passion. A travers ce double lis, transpiraient à peine les roses de la jeune fille. Elle avait de longs yeux bleus, héritage de sa mère. Desportes, le Tibulle du temps, avait célébré les cheveux de Renée dans les Amours de Diane. Desportes chantait pour Henri III, qui n'avait pas le talent de Charles IX.

> Beaux nœuds crêpés et blonds nonchalamment épars,
> Mon cœur plus que mon bras est par vous enchaîné.

Marcelle dansait avec grâce et chantait à ravir; mais élevée avec les flots, elle était indépendante. Elle s'aperçut que le duc de Guise commençait à se lasser d'elle; au lieu de se plaindre, elle se retira. L'effort était grand; elle tomba malade, et comme elle était pauvre, elle fut obligée de vendre ses bijoux. Elle renvoya avec dédain l'argent que lui faisait offrir le prince de Lorraine : « Je n'ai que quelques jours à vivre, dit-elle; le » peu que j'ai me suffit. Je ne reçois rien de per- » sonne, encore moins de M. de Guise que d'un » autre. » Les jeunes filles de la Bretagne se laissent noyer sur les grèves après s'être attachées aux algues d'un rocher.

Les calculs de Marcelle étaient justes; on ne lui trouva rien : elle avait compté exactement ses heures sur ses oboles; elles s'épuisèrent ensemble. La ville, sa marraine, la fit enterrer.

Trente ans après, en fouillant le pavé d'une chapelle, on s'aperçut que Marcelle n'avait point été atteinte du cercueil : la noblesse de ses sentiments semblait avoir empêché la corruption d'approcher d'elle.

Lorsque le duc de Guise partit pour la cour, Marcelle, qui possédait deux lyres, composa l'air et les rimes de quelques couplets; ils furent entendus au bord de cette mer de la Grèce d'où nous viennent tant de parfums.

> Il s'en va, ce cruel vainqueur,
>   Il s'en va plein de gloire;
> Il s'en va, méprisant mon cœur,
>   Sa plus noble victoire.
>
> Et malgré toute sa rigueur
>   J'en garde la mémoire.
> Je m'imagine qu'il prendra
>   Une nouvelle amante.

Paroles de poésie et de langueur, voix d'un rêve oublié, chagrin d'un songe.

On pouvait facilement s'imaginer que madame de Montbazon prendrait le nouvel amant dont le trésor tenterait ses belles et infidèles mains.

Madame de Montbazon fut l'objet de la passion de Rancé jusqu'au jour où il vit flotter un cilice parmi les nuages de la jeunesse. « Tandis que je » m'entretiens de ces choses criminelles, dit un » anachorète, les abeilles volent le long des ruis- » seaux pour ramasser le miel si doux à ma lan- » gue qui prononce tant de paroles injustes. »

D'après l'idée qu'on s'est formée généralement de Rancé, on ne verra pas sans étonnement ce tableau de sa première vie ; on ne peut douter de ces faits, puisqu'ils sont racontés par Le Nain lui-même, prieur de la Trappe, ami de Rancé ; il a resserré ces faits en peu de mots :

« Une jeunesse passée dans les amusements de » la cour, dans les vaines recherches des sciences, » même damnables, après s'être engagé dans l'état » ecclésiastique sans autre vocation que son am- » bition qui le portait avec une espèce de fureur » et d'aveuglement aux premières dignités de » l'Église ; cet homme, tout plongé dans l'amour » du monde, est ordonné prêtre, et celui qui avait » oublié le chemin du ciel est reçu docteur de » Sorbonne. Voilà quelle fut la vie de M. Le Bou- » thillier jusqu'à l'âge de trente ans, toujours dans » les festins, toujours dans les compagnies, dans » le jeu, les divertissements de la promenade ou » de la chasse. »

C'est ce qu'en a dit deux cents ans après le cardinal de Bausset.

L'archevêque de Tours, l'ambitieux principal de sa famille, n'ayant pu obtenir son neveu Rancé pour coadjuteur, le fit nommer, en qualité d'archidiacre de Tours, député à l'Assemblée du

clergé, en 1645; en même temps l'archevêque
donna sa démission de premier aumônier du duc
d'Orléans, après avoir obtenu de Gaston que l'abbé
Le Bouthillier serait pourvu de cette charge.
L'Assemblée du clergé dura deux ans. Rancé ne
s'y montra que la première année; il y resserra
les liens qui l'unissaient au cardinal de Retz, capable à lui seul d'empoisonner les plus heureuses
natures; il parla en faveur de son ami. Mazarin
disait : « Si l'on voulait croire l'abbé de Rancé,
» il faudrait aller avec la croix et la bannière
» au devant du cardinal de Retz. » Rancé augmenta sa réputation dans cette assemblée en venant au secours de François de Harlay, archevêque de Rouen, depuis archevêque de Paris. Le
clergé chargea l'abbé Le Bouthillier de surveiller,
avec les évêques de Vence et de Montpellier, une
édition grecque d'Eusèbe, ou, selon d'autres, de
Sozomène et de Socrate. Il fut complimenté sur
sa nomination de premier aumônier du duc
d'Orléans; il signa le formulaire, car il ne cessait de suivre les doctrines de Bossuet en diffé-
rant de sa conduite. Comme parlementaire, il
était fidèle à la cour. Des disputes s'élevèrent.
Rancé s'opposa à diverses propositions; il montrait une grande entente des affaires. Il déplut.

On l'avertit de se retirer, ses jours ne paraissant pas en sûreté à ses amis. L'avis était faux, Mazarin ne faisait assassiner personne. L'abbé Le Bouthillier, après être allé remercier Gaston à Blois, se retira à Veretz ; peu après arriva l'accident qui changea sa vie.

Il y a un silence qui plaît dans toutes ces affaires aujourd'hui si complétement ignorées : elles vous reportent dans le passé. Quand vous remueriez ces souvenirs qui s'en vont en poussière, qu'en retireriez-vous, sinon une nouvelle preuve du néant de l'homme ? Ce sont des jeux finis que des fantômes retracent dans les cimetières avant la première heure du jour.

4.

LIVRE DEUXIÈME.

———

Il existe un traité de 230 pages in-12, imprimé à Cologne, chez Pierre Marteau, 1685 ; il porte deux titres : *Les véritables motifs de la conversion de l'abbé de la Trappe, avec quelques réflexions sur sa vie et sur ses écrits*, ou *les Entretiens de Timocrate et de Philandre sur un livre qui a pour titre : Les Saints devoirs de la vie monastique*. Je parlerai dans un autre endroit de cette seconde partie. Ce que j'en vais citer actuellement n'est introduit que par incidence. On lit :

« Je vous ai déjà dit que l'abbé de la Trappe
» étoit un homme galant et qui avoit eu plusieurs
» commerces tendres. Le dernier qui ait éclaté
» fut avec une duchesse fameuse par sa beauté,
» et qui, après avoir heureusement évité la mort
» au passage d'une rivière, la rencontra peu de
» mois après. L'abbé, qui alloit de temps en

» temps à la campagne, y étoit lorsque cette
» mort imprévue arriva. Ses domestiques, qui
» n'ignoroient pas sa passion, prirent soin de lui
» cacher ce triste événement, qu'il apprit à son
» retour. » « En montant tout droit à l'apparte-
» ment de la duchesse où il lui était permis d'en-
» trer à toute heure, au lieu des douceurs dont
» il croyait aller jouir, il y vit pour premier objet
» un cercueil qu'il jugea être celui de sa maî-
» tresse en remarquant sa tête toute sanglante qui
» était par hasard tombée de dessous le drap dont
» on l'avait couverte avec beaucoup de négligence,
» et qu'on avait détachée du reste du corps afin
» de gagner la longueur du col, et éviter ainsi de
» faire un nouveau cercueil qui fût plus long que
» celui dont on se servait (1). »

» Il n'y a rien de vrai, » dit Saint-Simon, rappelant cette version, « dans ce qu'on rapporte de ma-
» dame de Montbazon, mais *seulement les choses qui*
» *ont donné cours à une fiction*. Je l'ai demandé
» franchement à M. de la Trappe, non pas gros-
» sièrement l'amour, et beaucoup moins le bon-
» heur, mais le fait, et voici ce que j'ai appris. »

Et qu'a-t-il appris? L'autorité serait décisive, si

(1) Entretiens de Timocrate et de Philandre.

la réponse était péremptoire. Au lieu de s'expliquer, Saint-Simon s'occupe du récit des liaisons
de Rancé avec les personnages de la Fronde.
Il affirme du reste, comme dom Gervaise, que
Marie de Bretagne fut emportée par la rou-
geole, que Rancé était auprès d'elle, qu'il ne la
quitta point, et lui vit recevoir les sacrements.
« L'abbé Le Bouthillier, ajoute-t-il, s'en alla après
» à sa maison de Veretz, ce qui fut le commen-
» cement de sa séparation du monde. » Cette fin
de narration prouve à quel point Saint-Simon se
trompait. Les contemporains admirateurs de
Rancé semblent s'être donné le mot pour se taire
sur sa jeunesse : ils ne s'aperçoivent pas qu'ils
diminuent la gloire de leur héros en rendant ses
sacrifices moins méritoires. D'autant plus qu'ils
en disent assez pour être entendus sur ce qu'ils
omettent ; tantôt annonçant qu'un religieux s'était
enseveli à la Trappe, *pour avoir fait ce qui avait
troublé Rancé*, tantôt que Rancé lui-même ne
cessait de pleurer ses fragilités. « L'abbé de Rancé,
» livré à toutes les séductions du monde, dit le
» cardinal de Bausset, se précipita dans un genre
» de vie peu conforme à la sainteté de son état,
» et qui dégradait en quelque sorte le triomphe
» qu'il avait obtenu sur son illustre émule...

» L'abbé de Rancé expiait sous la haire et le cilice
» les erreurs de sa jeunesse. » Maupeou, l'un des
trois historiens contemporains de l'abbé de la
Trappe, avait lu le récit de Larroque ; il combat
ce récit sans le détruire. La seule chose nouvelle
qu'ils nous apprennent est l'exhortation faite par
Rancé à la mourante : madame de Montbazon
envoya un gentilhomme complimenter M. de
Brienne, avec lequel elle était brouillée.

Maupeou avait fait un ouvrage exprès contre
Larroque. Rancé, informé de l'intention du curé
de Nonancourt, se hâta de lui écrire : « Votre ou-
» vrage, monsieur, relèvera la critique, donnera
» sujet à des répliques, m'attirera un nombre in-
» fini d'ennemis sur les bras : Dieu sait combien
» j'ai d'estime et de considération pour vous; ce-
» pendant je suis pressé de vous conjurer de sup-
» primer la chose, s'il est possible. J'ai été si per-
» suadé que rien n'était meilleur que de garder le
» silence en cette occasion, que je n'ai point voulu
» que l'on imprimât ce que j'avais eu envie de
» mettre dans la préface de la seconde édition des
» *Eclaircissements*, quoiqu'il n'y eût rien de plus
» modéré. Je n'ai rien à ajouter à ce billet, mon
» cher monsieur, sinon que je ne puis vous avoir
» une obligation plus sensible que celle d'en-

» trer dans ma pensée (1). » (17 mars 1686.)

La vivacité avec laquelle Rancé écrit à Maupeou décèle des souvenirs alarmés. Le P. Bouhours, que l'abbé de La Chambre appelait l'*empeseur des muses*, réfute aussi les *Véritables motifs de la conversion de l'abbé de la Trappe* dans son quatrième dialogue, pages 528 et 529 : c'est toujours de l'humeur sans preuves. Madame de Sévigné disait en parlant du révérend critique : « *L'esprit lui sort de tous les côtés.* »

Marsollier, deuxième écrivain de la vie de Rancé, garde le silence ; mais Le Nain, le troisième, le plus complet, le plus sûr écrivain de cette vie, a entendu parler de Larroque. Dom Le Nain mourut à l'âge de soixante-treize ans, sous-prieur de la Trappe. Ami et confident de Rancé, au livre III, chap. ix de la Vie du réformateur de la Trappe, il écrit :

« Outre tous ces libelles, il en parut un autre » composé par un huguenot, sous ce titre : *les Motifs de la conversion de l'abbé de la Trappe*. Mais » l'auteur des *Homélies familières* sur les Commandements de Dieu, tome III, page 378, le » réfute admirablement par ces paroles : Je sais » qu'un ministre hérétique a fait ce qu'il a pu pour

(1) Maupeou, tom. 1er, pag. 581.

» décrier un saint abbé ; mais je sais bien aussi
» que toute la France et les pays circonvoisins ont
» regardé ce misérable livre comme un libelle
» diffamatoire, et son auteur comme un impos-
» teur, qui fonde toutes ses calomnies sur des
» jugements les plus téméraires qui se puissent
» imaginer : comme si, pour détruire les vertus
» les plus éclatantes et les plus solides, il n'y avait
» qu'à dire témérairement qu'elles n'ont point
» d'autres sources que l'orgueil de celui qui les
» pratique. » Le Nain se débarrasse ainsi de la
réponse. Les amplifications de l'auteur des *Homélies familières* sont naturelles, mais elles ne détruisent aucune assertion.

Sur le fait isolé lâché par une plume protes-
tante, il est tombé une avalanche de malédic-
tions. Colère à part on peut nier les erreurs
avancées sur la jeunesse de Rancé, mais on ne peut
nier des relations qu'atteste toute l'histoire. On a
craint sans doute, en montrant Rancé pécheur,
d'ébranler l'autorité des exemples de sa vertu.
Cependant saint Jérôme et saint Augustin n'ont-ils
pas puisé leurs dernières forces dans leurs premières faiblesses ? Un aveu franc aurait délivré
Rancé pour toujours des calomnies. On ne l'accusait pas directement de la faute, il est vrai, car il

eût fallu accuser toute la terre; mais on s'en prenait à la vie entière d'un homme pour se soulager
de ce qu'il taisait. Il faut le dire, néanmoins le
silence de Rancé est effrayant, et il jette un
doute dans les meilleurs esprits. Un silence si
long, si profond, si entier, est devant vous comme
une barrière insurmontable. Quoi! un homme n'a
pu se démentir un seul instant! quoi! le silence
pourrait passer pour une vérité! Cet empire d'un
esprit sur lui-même fait peur : Rancé ne dira rien,
il emportera toute sa vie dans son tombeau.

Ainsi ni ceux qui rejettent l'anecdote de Larroque, ni ceux qui l'accueillent, n'apportent
aucune preuve de leur négation ou de leur affir-
mation. Les incrédules n'ont pour eux que l'in-
vraisemblance du cercueil trop court : il était si
facile en effet de l'allonger pour donner l'espace
nécessaire à cette belle tête qui s'était si souvent
inclinée sur le sein de la vie! Mais supposez avec
Saint-Simon, comme il l'insinue, que la décolla-
tion ne fut que l'œuvre d'une étude anatomique,
tout s'expliquera.

Tous les poètes ont adopté la version de Larroque, tous les religieux l'ont repoussée; ils ont
eu raison, puisqu'elle blessait la susceptibilité de
leurs vertus, puisqu'ils ne pouvaient pas détruire

le récit de Larroque par un démenti appuyé d'un document irrécusable. Mais au lecteur indifférent il est permis, à défaut de preuves positives, d'examiner des preuves négatives. J'ai déjà fait remarquer que Marsollier se tait sur madame de Montbazon, silence favorable à l'opinion de Larroque. Ce même chanoine, Marsollier, ajoute cette réflexion à son silence : « La mort et la disgrâce » de plusieurs personnes avec lesquelles Rancé » avait de forts attachements le touchèrent. Un » vide affreux, dit-il, occupait mon cœur toujours » inquiet et toujours agité, jamais content. Je fus » touché de *la mort de quelques personnes* et de » l'insensibilité où je les vis dans ce moment terrible qui devait décider de leur éternité. Je me » résolus de me retirer dans un lieu où je pusse » être inconnu au reste des hommes. »

Dans les corridors de la Trappe, entre diverses inscriptions, on lisait celle-ci empruntée de saint Augustin : *Retinebam nugæ nugarum et vanitates vanitatum antiquæ amicæ meæ.* Dans une de ses pensées, Rancé remarque que : « ceux qui meurent, bien ou mal, meurent souvent plus pour » ceux qu'ils laissent dans le monde que pour » eux-mêmes. »

Bossuet, transmettant à Rancé les oraisons fu-

nèbres de la reine d'Angleterre et de madame
Henriette, lui mande : « J'ai laissé l'ordre de vous
» faire passer deux oraisons funèbres qui, parce
» qu'elles font voir le néant du monde, peuvent
» avoir place parmi les livres d'un solitaire, et
» qu'en tout cas il peut regarder comme deux
» têtes de mort assez touchantes. » Bossuet
connaissait-il ce que l'on racontait de madame de
Montbazon? faisait-il allusion à la tête de cette
femme, en envoyant deux autres têtes s'entretenir
avec elle?

La sorte de plaisanterie formidable qu'il se
permet, ne semble-t-elle pas avoir des rapports
avec la légèreté de la première vie de Rancé et
la sévérité de sa seconde vie?

On prétend qu'on montrait à la Trappe la tête
de madame de Montbazon dans la chambre des
successeurs de Rancé; ce que les solitaires de la
Trappe ressuscitée rejettent : les souvenirs conservés autrefois ne voyaient peut-être pas le front
de la victime aussi dépouillé que la mort l'avait
fait. On trouve ce passage dans le récit des courses du chevalier de Bertin : « Nous voici mainte-
» nant à Anet. La petite statue de Diane de
» Poitiers en pied n'est point sans doute aussi
» intéressante que la tête même de madame de

» Montbazon apportée à la Trappe par l'abbé de
» Rancé et conservée dans la chambre de ses suc-
» cesseurs. »

Enfin les indications des poètes ne sont pas à
négliger. La muse n'a pas manqué aux traditions
de la Trappe : madame de Tencin, née en 1681
(et qui par conséquent avait vécu dix-neuf ans
contemporaine de Rancé), écrivit les *mémoires
du comte de Comminges*, à travers lesquels passent
des souvenirs : madame de Montbazon est changée en cette Adélaïde, solitaire mystérieux qui se
fait reconnaître à l'ardeur avec laquelle il creuse
son tombeau. Qui avait donné naissance à ce
genre d'idées ? Ce sont là d'autres ressorts que les
inventions forcenées et les idées difformes qui
font maintenant des contorsions dans les ténèbres. Le nom de Comminges est emprunté de celui
de l'évêque avec lequel Rancé se promenait sur
les Pyrénées. Il arrive souvent qu'on rappelle des
personnages étrangers pour cacher des rapports
directs ; un nom qui tourmente la mémoire s'y
glisse sous mille déguisements. On a une aventure
contée par Maupeou, de deux frères épris de la
même femme, et qui, après s'être battus, vécurent plusieurs années à la Trappe sans se reconnaître ; on a une romance de Florian sur Lainval

et Arsène ; on a une héroïde de Colardeau qui retrace la mort de madame la duchesse de Mont-bazon :

Je fuis vers ma demeure, éperdu, tourmenté :
La tête et le cercueil étaient à mon côté.

Rancé avait fait peindre à la Trappe saint Jean Climaque poussant des gémissements, et sainte Marie égyptienne assistée par saint Sozyme. Il composa pour ces deux tableaux des inscriptions. Dans l'épigramme de douze vers latins adressée à la penitente, on lisait :

Ecce, columba gemens, sponsi jam sanguine lota.

Il faut ajouter à ces semi-indications le désespoir de Rancé, et ce sera au lecteur à se former une opinion. Les annales humaines se composent de beaucoup de fables mêlées à quelques vérités : quiconque est voué à l'avenir a au fond de sa vie un roman, pour donner naissance à la légende, mirage de l'histoire.

Dès le jour de la mort de madame de Montbazon, Rancé prit la poste et ce retira à Veretz : il croyait trouver dans la solitude des consolations qu'il ne trouvait dans aucune créature. La retraite ne fit qu'augmenter sa douleur : une noire mélancolie prit la place de sa gaieté, les nuits lui étaient insupportables; il passait les jours à courir dans les bois, le long des rivières, sur les bords des étangs, appelant par son nom celle qui ne lui pouvait répondre.

Lorsqu'il venait à considérer que cette créature, qui brilla à la cour avec plus d'éclat qu'aucune femme de son siècle, n'était plus, que ses enchantements avaient disparu, que c'en était fait pour jamais de cette personne qui l'avait choisi entre tant d'autres, il s'étonnait que son âme ne se séparât de son corps.

Comme il avait étudié les sciences occultes, il essaya les moyens en usage pour faire revenir les morts. L'amour reproduisait à sa mémoire ornée le sacrifice de Simeth, cherchant à rappeler un infidèle par un des noms d'un passereau consacré à Vénus; il invoquait la nuit et la lune. Il eut toutes les angoisses et toutes les palpitations de l'attente : madame de Montbazon était allée à l'infidélité éternelle; rien ne se montra dans ces lieux sombres et solitaires que les esprits se plaisent à fréquenter (1).

Toutefois, si Rancé n'eut pas les visions des poètes de la Grèce, il eut une vision chrétienne :

(1) Dom Gervaise : *Jugement critique, mais équitable, des Vies de feu M. l'abbé de Rancé*, pag. 160 et suiv.

il se promenait un jour dans l'avenue de Véretz ;
il lui sembla voir un grand feu qui avait pris aux
bâtiments de la basse-cour : il y vole ; le feu diminue à mesure qu'il en approche ; à une certaine
distance, l'embrasement disparaît et se change
en un lac de feu au milieu duquel s'élève à demi-
corps une femme dévorée par les flammes. La
frayeur le saisit ; il reprend en courant le chemin
de la maison ; en arrivant, les forces lui manquent, il se jette sur un lit : il était tellement hors
de lui qu'on ne put dans le premier moment lui
arracher une parole (1).

Ces convulsions de l'âme se calmèrent : il n'en
resta à Rancé que l'énergie d'où sortent les vi-
goureuses résolutions.

Dom Jean-Baptiste de Latour, prieur de la
Trappe, avait écrit une vie de Rancé : il était
resté de ce travail quelques copies manuscrites
dont on a cité des passages, entre autres celui-ci :
« Pendant que je suivais l'égarement de mon cœur
» (c'est Rancé qui parle), j'avalais non-seulement
» l'iniquité comme de l'eau, mais tout ce que je
» lisais et entendais du péché ne servait qu'à me
» rendre plus coupable. Enfin le temps bienheu-

(1) Maupeou.

» reux arriva où il plut au Père des miséricordes
».de se tourner vers moi. Je vis à la naissance
» du jour le monstre infernal avec lequel j'avais
» vécu ; la frayeur dont je fus saisi à cette terrible
» vue fut si prodigieuse que je ne puis croire que
» j'en revienne de ma vie. »

Rancé eut recours à la pénitence : la mère
Louise, religieuse de la Visitation de Tours, lui
indiqua pour directeur le Pere *Séguenot.*

Cette mère Louise était Louise Roger de la Mar-
delière, appelée la *belle Louison.* « Louison, dit ma-
» demoiselle de Montpensier parlant de son enfance,
» était brune, bien faite, agréable de visage et de
» beaucoup d'esprit. Je dis à madame de Saint-
» Georges : « Si Louison n'est pas sage, je ne la
» veux point voir, quoique mon papa l'aime. »
» Madame de Saint-Georges me répondit qu'elle
» l'était tout à fait. »

C'était à cette mère Louise que Rancé s'adressa
d'abord. Partout, dans le changement de mœurs
qui s'opérait, des pénitentes échappées du monde
avaient dressé des embûches pour s'emparer des
repentirs, comme il y avait des pécheresses qui
cherchaient à retenir les déserteurs. A la Visitation se trouvaient les écueils d'une première
existence : la mère Louise possédait plus de deux

cents lettres de Rancé, lettres qui étaient sans doute la partie de la vie de Rancé sur laquelle il serait si curieux d'avoir des renseignements. De la direction du P. Séguenot, Rancé passa sous la conduite du P. de Mouchy, homme instruit et bien né.

Des avertissements sous différentes formes arrivaient de toutes parts à Rancé. Dans les *Obligations des chrétiens*, il raconte cette agréable histoire :

« Un jour je joignis un berger qui conduisoit
» un troupeau dans une grande campagne, par un
» temps qui l'avoit obligé à se retirer à l'abri d'un
» grand arbre pour se mettre à couvert de la
» pluie et de l'orage. Il me dit que ce lui étoit une
» consolation de conduire ses bêtes simples et in-
» nocentes, et qu'il ne voudroit pas quitter la terre
» pour aller dans le ciel s'il ne croyoit y trouver
» des campagnes et des troupeaux à conduire. »

A Véretz, au lieu de se plaire dans l'ancienne maison de ses délices, Rancé fut choqué de sa magnificence. Les meubles éclataient d'argent et d'or, les lits étaient superbes. La Mollesse même s'y serait trouvée trop à l'aise, dit un classique du temps. Les salons étaient ornés de tableaux de prix, les jardins délicieusement dessinés. C'était trop pour un homme qui ne voyait plus rien

5.

qu'à travers ses larmes. Il mit la réforme partout.
La frugalité remplaça le luxe de sa table ; il con-
gédia la plupart de ses domestiques, renonça à la
chasse et s'abstint du dessin, art qu'il aimait. On
avait des paysages de sa façon et des cartes de
géographie (1).

Quelques amis, revenus de même que Rancé à
des pensées chrétiennes, s'associèrent à lui pour
commencer ces mortifications dont il devait donner de si grands exemples ; il semblait jouer à la
pénitence pour l'apprendre avant de la pratiquer :
on assiste avec intérêt à cette conquête de l'homme
sur l'homme : « Ou l'Évangile me trompe, répétait-
» il, ou cette maison est celle d'un réprouvé. »

Rappelé un moment à Paris pour une affaire,
il se logea à l'Oratoire. C'était un travail con-
tinuel pour lui d'échapper à ces pensées qu'il
avait nourries si long-temps : un grand solitaire
en fut atteint dans des sépulcres ; saint Jérôme
portait, pour noyer ses pensées dans ses sueurs,
des fardeaux de sable le long des steppes de la
mer Morte. Je les ai parcourues moi-même, ces
steppes, sous le poids de mon esprit. Deux tenta-
trices cherchèrent Rancé. Elles lui dirent qu'elles

(4) Dom Gervaise.

n'étaient point à comparer à la belle personne qu'il pleurait, mais qu'elles avaient pour lui des sentiments qui ne le cédaient en vivacité à aucun de ceux qu'il avait inspirés. Rancé se munit d'un crucifix et s'enfuit.

On conseilla à Rancé de se consacrer aux missions, aller aux Indes, errer dans les rochers de l'Himalaya, et il y avait là des analogies avec la grandeur et la tristesse du génie de Rancé; mais il était appelé ailleurs.

Poussé par ses malheurs, retenu par ses habitudes, Rancé n'avait point encore renoncé à ses emplois. Le temps de son quartier de service, comme aumônier du duc d'Orléans, était revenu; il se rendit à Blois. Il avait déjà hasardé auprès du prince des idées de retraite : l'entrée en religion de la mère Louise avait mûri dans Gaston ces idées. La maîtresse convertie priait à la Visitation, à Tours, pour faire une violence à la miséricorde de Dieu. Il fut convenu que Gaston se retirerait au château de Chambor avec douze de ses plus fidèles serviteurs. Rancé fut choisi pour accompagner le prince.

Le Bouthillier possédait, près du parc de Chambor, un prieuré de l'ordre de Grammont. Ce prieuré était desservi par sept ou huit religieux.

On n'apercevait pas de cet endroit le faîte de l'édifice qui devait éclater du rire immortel de Molière. « Le roi, dit le chevalier d'Arvieux, ayant » voulu faire un voyage à Chambor pour y pren- » dre le divertissement de la chasse, voulut don- » ner à sa cour celui d'un ballet ; et comme l'idée » des Turcs qu'on venait de voir à Paris était » encore toute récente, il crut qu'il serait bon de » les faire paraître sur la scène. Sa Majesté m'or- » donna de me joindre à MM. de Molière et de » Lulli pour composer une pièce de théâtre où » l'on pût faire entrer quelque chose des habille- » ments et des manières des Turcs. Je me rendis » pour cet effet au village d'Auteuil, où M. de Mo- » lière avait une maison fort jolie. Ce fut là que » nous travaillâmes à cette pièce de théâtre que » l'on voit dans les œuvres de Molière, sous le » titre du *Bourgeois gentilhomme*. »

Cette pièce fut en effet jouée à Chambor de- vant Louis XIV, pour la première fois, le 14 oc- tobre 1670.

Quand on arrive à Chambor, on pénètre dans le parc par une de ses portes abandonnées; elle s'ouvre sur une enceinte décrépite et plantée de violiers jaunes; elle a sept lieues de tour. Dès l'entrée on aperçoit le château au fond d'une allée descendante. En avançant sur l'édifice, il sort de terre dans l'ordre inverse une bâtisse placée sur une hauteur, laquelle s'abaisse à mesure qu'on en approche. François Ier, arrière-petit-fils de Valentine de Milan, s'était enseveli dans les bois de la France, à son retour de Madrid ; il disait comme son aïeule : *Tout ne m'est rien, rien ne m'est plus*. Chambor rappelle les idées qui occupaient le roi-soldat dans sa prison : femmes, solitudes, remparts.

> Quand le roi sortit de France,
> En malheur il en sortit :
> Il en sortit le dimanche,
> Et le lundi il fut pris.

Chambor n'a qu'un escalier double afin de descendre et monter sans se voir : tout y est fait pour les mystères de la guerre et de l'amour. L'édifice s'épanouit à chaque étage ; les degrés s'élèvent accompagnés de petites cannelures comme des marches dans les tourelles d'une cathédrale. La fusée, en éclatant, forme des dessins fantastiques qui semblent avoir retombé sur l'édifice : cheminées carrées ou rondes enjolivées de fétiches de marbre, semblables aux poupées que j'ai vu retirer des fouilles à Athènes. De loin l'édifice est une arabesque ; il se présente comme une femme

dont le vent aurait soufflé en l'air la chevelure ;
de près cette femme s'incorpore dans la maçon-
nerie et se change en tours ; c'est alors Clorinde
appuyée sur des ruines. Le caprice d'un ciseau
volage n'a pas disparu ; la légèreté et la finesse
des traits se retrouvent dans le simulacre d'une
guerrière expirante. Quand vous pénétrez en
dedans, la fleur de lis et la salamandre se des-
sinent dans les plafonds. Si jamais Chambor était
détruit, on ne trouverait nulle part le style premier de la Renaissance, car à Venise il s'est mé-
langé.

Ce qui rendait à Chambor sa beauté, c'était son
abandon : par les fenêtres j'apercevais un parterre
sec, des herbes jaunes, des champs de blé noir :
retracements de la pauvreté et de la fidélité de
mon indigente patrie. Lorsque j'y passai, il y avait
un oiseau brun de quelque grosseur qui volait le
long du Cosson, petite rivière inconnue.

L'abbé Le Bouthillier se logea parmi les moines
de son prieuré : de quelque côté qu'on ouvrît une
fenêtre, on ne voyait que des bois. Le château,
près duquel n'a pas même pu se former un village,
est frappé de malédiction. Touché par le vainqueur de Marignan prisonnier à Madrid, par nos
soldats dispersés après Waterloo, par les marques

de notre attachement à nos rois avant les journées de juillet, on aperçoit partout des traces de gloire et de malheur. Les chiffres de la duchesse d'Étampes, devancière de la comtesse de Châteaubriant, attirent les yeux, traces périssables de beautés évanouies. François Ier, qui sentait l'inanité de ses plaisirs, avait gravé avec la pointe d'un diamant ces deux vers sur un carreau de vitre :

> Souvent femme varie.
> Mal habil qui s'y fie.

Jeux d'un prince qui avait fait déterrer Laure pour la regarder. Où est le carreau de vitre? Des Français s'associèrent dans le dessein d'acquérir pour Henri, non encore banni, un parc abandonné dans un royaume conquis par ses pères. Courier éleva la voix contre l'acquisition, et le jeune homme innocent, auquel il avait voulu arracher Chambor, a survécu.

Cet orphelin vient de m'appeler à Londres, j'ai obéi à la lettre close du malheur. Henri m'a donné l'hospitalité dans une terre qui fuit sous ses pas. J'ai revu cette ville témoin de mes rapides grandeurs et de mes misères interminables, ces places remplies de brouillards et de silence, d'où émergèrent les fantômes de ma jeunesse. Que de temps déjà écoulé depuis les jours où je rêvais René dans Kinsington jusqu'à ces dernières heures! Le vieux banni s'est trouvé chargé de montrer à l'orphelin une ville que mes yeux peuvent à peine reconnaître.

Réfugié en Angleterre pendant huit années, ensuite ambassadeur à Londres, lié avec lord Liverpool, avec M. Canning et avec M. Croker, que de changements n'ai-je pas vus dans ces lieux, depuis Georges IV qui m'honorait de sa familiarité jusqu'à cette Char'otte que vous verrez dans mes Mémoires. Que sont devenus mes frères en bannissement? Les uns sont morts, les autres ont subi diverses destinées : ils ont vu comme moi disparaître leurs proches et leurs amis. Sur cette terre où l'on ne nous apercevait pas, nous avions cependant nos fêtes et surtout notre jeunesse. Des adolescentes, qui commençaient la vie par l'adversité, apportaient le fruit semainier de leur labeur afin de s'éjouir à quelques danses de la patrie. Des attachements se formaient; nous priions dans des chapelles que je viens de revoir et qui n'ont point changé. Nous faisions entendre nos pleurs le 21 janvier, tout émus que nous étions d'une oraison funèbre prononcée par le curé émigré de notre village. Nous allions aussi, le long de la

Tamise, voir entrer au port des vaisseaux chargés
des richesses du monde, admirer les maisons de
campagne de Richmond, nous si pauvres, nous
privés du toit paternel! Toutes ces choses étaient
de véritables félicités. Reviendrez-vous, félicités
de ma misère? Ah! ressuscitez, compagnons de
mon exil, camarades de la couche de paille, me
voici revenu! Rendons-nous encore dans les petits jardins d'une taverne dédaignée pour boire
une tasse de mauvais thé en parlant de notre
pays : mais je n'aperçois personne; je suis resté
seul.

Rancé va quitter Chambor, il faut donc que je
quitte aussi cet asile où je crains de m'être trop
oublié. Je vais retrouver la Loire non loin du parc
abandonné; elle ne voit point la désolation de ses
bords : les fleuves ne s'embarrassent point de leurs
rives. Ne demandez pas à la Loire le nom des
Guise dont elle a pourtant roulé les cendres. A
cent cinquante lieues d'ici, je rencontrai, il y a
huit mois, en terre étrangère, près du jeune
orphelin, M. le duc de Lévis, qui remonte au
compagnon de Simon de Montfort. Mirepoix était
maréchal de la Foi, titre qui semble avoir passé
à son dernier neveu. J'ai retrouvé aussi madame
la duchesse de Lévis, du grand nom d'Aubusson;

elle aurait pu écrire l'histoire de Philippine-Hélène,
si elle n'avait des malheurs moins romanesques à
pleurer. Je n'étais pas, dans mon dernier voyage
à Londres, reçu dans un grenier de Holborn par
un de mes cousins émigrés, mais par l'héritier
des siècles. Cet héritier se plaisait à me donner
l'hospitalité dans les lieux où je l'avais long-
temps attendu. Il cachait derrière moi comme le
soleil derrière des ruines. Le paravent déchiré qui
me servait d'abri me semblait plus magnifique que
les lambris de Versailles. Henri était mon dernier
garde-malade : voilà les revenants-bons du malheur. Quand l'orphelin entrait, j'essayais de me
lever; je ne pouvais lui prouver autrement ma
reconnaissance. A mon âge on n'a plus que les
impuissances de la vie. Henri a rendu sacrées
mes misères; tout dépouillé qu'il est, il n'est pas
sans autorité : chaque matin, je voyais une An-
glaise passer le long de ma fenêtre; elle s'arrêtait, elle fondait en larmes aussitôt qu'elle avait
aperçu le jeune Bourbon : quel roi sur le trône
aurait eu la puissance de faire couler de pareilles
larmes? Tels sont les Sujets inconnus que donne
l'adversité.

A peine retourné de Chambor, un courrier
dépêché de Blois vint apprendre à Rancé la ma-

ladie du duc d'Orléans. L'abbé se remit en route :
Gaston était en danger, ce prince si peu digne à
Castelnaudary de la valeur du Béarnais, le parleur
de la Fronde ne trouva pas un mot sur ses lèvres
à dire à la mort : un spectre se tenait debout au
pied de son lit; Montmorency sans tête lui demandait le talion.

Rancé écrivit à Arnauld d'Andilly la lettre qu'on
va lire, et que je dois encore à la politesse de M. de
Montmerqué.

Blois, 8 février 1660.

« Je n'aurois pas été tant de temps sans avoir
» l'honneur de vous escrire si la maladie et la
» mort de Monsieur ne m'en avoient empesché. Je
» vous avoue que, l'ayant assisté autant que je l'ai
» pu dans les derniers moments de sa vie, je suis
» tellement touché d'un spectacle si déplorable
» que je ne puis m'en remettre. On a ceste con-
» solation qu'il est mort avec tous les sentiments
» et toute la résignation qu'un véritable chrestien
» doit avoir en la volonté de son Dieu. Il reçut
» nostre Seigneur dès le commencement de son
» mal, et eut le soin lui-mesme de le demander une
» seconde fois pour viatique avec de grandes dé-
» monstrations d'une foy vive et d'un parfait mes-

» pris des choses du monde. Quelle leçon, mon-
» sieur, pour ceux qui n'en sont pas détachés et
» pour ceux qui sont persuadés de son néant et
» qui travaillent pour s'en déprendre! Ce pauvre
» prince dit le matin du jour de sa mort ces mes-
» mes mots : *Domus mea domus desolationis*; et
» comme on luy voulut dire qu'il n'estoit pas si
» mal qu'il pensoit, il répliqua : *Solum mihi su-*
» *perest sepulchrum;* ensuite il demanda l'extrême-
» onction, et dit qu'il estoit résolu à la volonté
» de Dieu; enfin je suis persuadé qu'il luy a fait
» miséricorde. Je ne puis vous mander les circon-
» stances de sa mort; j'escris de Blois, malade
» d'un rhume qui me cause une oppression qui
» m'empesche d'escrire. Je vous supplie de de-
» mander à Dieu et de luy faire demander pour
» moy qu'il me fasse la grâce de retirer tout le
» bien et l'avantage que je dois d'une rencontre
» aussi touchante que celle-là l'est. Je reviens à
» la mort de ce pauvre prince : la désolation qui
» parut dans sa maison qui retentissoit de plaintes
» et de gémissements au moment de sa mort,
» l'esprit humain ne se sçauroit rien figurer de si
» pitoyable; je confesse que j'en suis accablé de
» douleur. »

Rancé se montra dans cette occasion si touchant, que chacun faisait des vœux pour l'avoir auprès de soi au moment suprême. On croyait ne pouvoir bien mourir qu'entre ses mains, comme d'autres y avaient voulu vivre, Gaston avait à peine rendu le dernier soupir que ses familiers l'abandonnèrent, Rancé fut laissé presque seul auprès du cadavre. Il ne suivit pas le corps du prince à Saint-Denis ; mais il présenta le faible cœur de Gaston aux jésuites de Blois : le cœur intrépide de Henri IV avait été porté aux jésuites de La Flèche. Le Bouthillier courut ensuite s'ensevelir au Mans, y demeura caché deux mois ; il changea même de nom, comme s'il eût craint d'être reconnu et arrêté aux portes du ciel.

Le projet qu'il méditait depuis long-temps de soumettre sa conduite future au conseil des évêques d'Aleth et de Comminges lui revenait dans l'esprit. Il se résolut de l'accomplir. Le 21 juin 1660, il écrivit à la mère Louise : « Je pars demain à l'insu de tous mes amis. » Il arriva à Comminges le 27 du même mois, après un tremblement de terre : ce fut de même que j'arrivai à Grenade en rêvant de chimères, après le bouleversement de la Véga.

L'évêque de Comminges était absent ; Rancé l'attendit. Quand il revint, l'évêque commença une tournée diocésaine. Rancé l'acompagna.

Ils trouvèrent dans les cavernes environnantes des chrétiens qui avaient à peine figure humaine. L'évêque soulageait leur misère, les rassemblait, s'asseyait au milieu d'eux parmi les buis des rochers. L'abbé de Rancé était touché, lorsqu'il songeait que le bon pasteur avait ainsi cherché les brebis égarées.

Un jour il se promenait seul avec l'évêque, dans un endroit fort solitaire, d'où l'on découvrait les plus hautes Pyrénées : « L'évêque remarqua » (j'emprunte le récit de Marsolier) que l'abbé par- » courait des yeux les montagnes avec une atten- » tion qui le rendait distrait; il y soupçonna du » mystère, ce fut ce qui l'obligea de lui dire qu'il » avait la mine de chercher un endroit où il pût » bâtir un ermitage. L'abbé rougit; mais comme » il était sincère, il avoua que c'était en effet sa » pensée, et qu'il croyait qu'il ne pouvait rien faire » de mieux. — Si cela est, repartit l'évêque, vous » ne pouvez mieux vous adresser qu'à moi : je » connais ces montagnes, j'y ai passé souvent en » faisant mes visites; je sais des endroits si affreux » et si éloignés de tout commerce que, quelque » difficile que vous puissiez être, vous aurez lieu » d'en être content. — L'abbé, qui croyait que

» l'évêque parlait sérieusement, le pressa avec
» cette vivacité qui lui était naturelle de lui faire
» voir ces endroits. — Je m'en garderai bien, re-
» prit l'évêque ; ces endroits sont si tentants que
» si vous y étiez une fois il n'y aurait plus moyen
» de vous en arracher. » Après avoir visité l'évêque de Comminges, Rancé retourna chez l'évêque
d'Aleth. « Sa demeure est affreuse, écrivait Rancé,
» et entourée de hautes montagnes au pied des-
» quelles est un torrent qui court avec beaucoup
» de bruit et de rapidité. »

Ces *endroits* de nos anciennes mœurs reposent.
On aime à assister aux conversations de l'abbé de
Rancé sur la légitimité des biens qu'on peut ou
qu'on ne peut pas retenir, sur ce qu'il est permis
de garder, sur ce qu'on est obligé de rendre, sur
le compte de ses richesses que l'on doit à Dieu.
Ces scrupules de conscience étaient alors les affaires
principales ; nous n'allons pas à la cheville du pied
de ces gens-là ; l'homme était estimé, quelle que
fût sa condition : le pauvre était pesé avec le riche
au poids du sanctuaire. Cette égalité morale lui
servait à supporter les inégalités politiques. Bruno
sur les Alpes, Paul dans la Thébaïde, ne voulurent
pas plus sortir de leur retraite que Rancé n'aurait
voulu quitter les Pyrénées ; mais ces dernières

6

montagnes avaient un danger : le soleil en était
trop éclatant, et de leur sommet on découvrait
les séjours d'Inès et de Chimène.

Long-temps après le voyage de Rancé, une
chevrière âgée de douze ans, conduisant ses
biques dans la paroisse d'Alan, diocèse de Comminges, tomba en s'écriant : « Jésus ! » Une dame
vêtue de blanc lui apparut, lui dit : « Ne craignez
» rien. » Et elle la tira du précipice. La petite fille
dit à la sainte Vierge (c'était elle) qu'elle avait
perdu son chapelet. La sainte Vierge lui en donna
un en lui recommandant d'ordonner à un prêtre
de faire bâtir une chapelle au lieu où elle était
tombée. L'évêque de Comminges, ancien hôte
de Rancé, en écrivit à la Trappe. Rancé, du
fond de son abbaye, conseilla l'érection d'une
chapelle dédiée à Notre-Dame-de-Saint-Bernard,
dont les ruines marquent aujourd'hui le premier
pas de Rancé dans la solitude.

L'évêque de Comminges et l'évêque d'Aleth
avaient combattu au commencement les desseins
extrêmes de Rancé; ils lui conseillaient cette
médiocrité, caractère de la vertu : « Vous, di-
» saient-ils, vous ne pensez qu'à vivre pour vous. »
L'évêque d'Aleth approuvait que Rancé se défît
de sa fortune; mais il s'opposait à son penchant

pour la solitude : « Ce penchant, répétait-il, ne
» vient pas toujours de Dieu ; il est souvent in-
» spiré par un dégoût du monde, dégoût dont le
» motif n'est pas toujours pur. »

Convaincu en ce qui regardait le danger des
biens, l'abbé ne se rendait pas également sur le
point du désert ; il cédait à l'égard de l'abandon
de ses bénéfices : il convenait qu'un abbé commendataire n'était pas dans l'esprit de l'Église ;
mais il n'entendait parler qu'avec terreur d'une
abbaye régulière. Il s'était souvent écrié : « *Moi,*
» *me faire frocard!* » Il témoignait de ses per-
plexités en écrivant à ses amis : « Mes embarras
» extérieurs sont les moindres embarras de ma
» vie : je ne puis me défendre de moi-même. »

Tout est fragile : après avoir vécu quelque peu,
on ne sait si l'on a bien ou mal vécu. L'évêque
d'Aleth se maintint d'abord dans les opinions qui
lui avaient mérité l'attachement de Rancé ; il se
souvenait d'avoir causé avec le futur solitaire à
trois cents pas de la maison de l'évêque, au bord
d'un gave, de même que les vieillards de Platon
s'entretenaient des lois sur la montagne de Crète.
Baissez le ton de la lyre, changez les interlocu-
teurs, et le souffle du même torrent vous appor-
tera des paroles qui seront remplies d'autres

6.

chimères. L'évêque d'Aleth persévéra plusieurs
années dans les saines doctrines, puis il dévia un
peu du droit chemin avec deux autres évêques.
Madame de Saint-Loup en écrivit à Rancé. Quant
au théologal d'Aleth, l'abbé de Vaucelles, il fut to-
talement subjugué ; il céda au docteur Arnauld et
se retira dans les Pays-Bas. Il fut envoyé obscurément à Rome pour ses coreligionnaires sous le nom
de Valoni. L'infidélité avait perdu sa grandeur :
Arius ne tombait plus du milieu du concile de
Nicée, entraînant avec lui une partie de la chré-
tienté.

En 1660, Pomponne fut disgracié. Rancé lui
écrivit des compliments de condoléance. Les
considérations qu'il lui fournit sont prises de
haut. Arnauld d'Andilly, frère de Pomponne,
avait traduit une foule de vies qui formèrent l'histoire des Pères du désert. Louis XIV visita depuis le bonhomme dans sa retraite, où j'ai moi-
même passé lorsque j'allai voir madame la
duchesse de Duras : elle avait l'intention de
me laisser un petit réduit qu'elle avait acheté sur
les collines de la forêt de Montmorenci. Ces liaisons de la Trappe et de Port-Royal, qui s'altérè-
rent dans la suite, causent de l'attendrissement.
Louis XIV aimait son ancien ministre ; mais il

trouvait que M. de Pomponne n'avait pas assez de grandeur pour lui.

A Véretz, où il revenait toujours, Rancé vit conjurés contre lui une famille nombreuse, des amis mécontents, des domestiques désolés. En voulant se réduire à la pauvreté, il éprouvait les difficultés qu'on rencontre à s'enrichir. On ne pouvait savoir ce qui le poussait; car, depuis la mort de madame de Montbazon, jamais le nom de cette femme, excepté dans son premier désespoir, n'était sorti de sa bouche. On sentait en lui une passion étouffée qui jetait sur ses moindres actions l'intérêt d'un combat inconnu.

Ces souvenirs de la terre étaient une haine de la vie, devenue chez lui une véritable obsession. Sa désespérance de l'humanité ressemblait au stoïcisme des anciens, à cela près qu'il passait par le christianisme. Les platoniciens de l'école d'Alexandrie se tuaient pour parvenir au ciel; mais que de souffrances pour une pauvre âme, lorsqu'elle se débat dans cet état! elle éprouve les divers mouvements du suicide, incertitude et terreur, avant qu'elle ait pris sa résolution.

« Je vous avoue, dit l'abbé de la Trappe dans » ses lettres, que je ne vois plus un seul homme » du monde avec le moindre plaisir. Il y a tantôt

» six ans que je ne parle que de dégagement et
» de retraite, et le premier pas est encore à faire;
» cependant le cours de la vie s'achève, et l'on se
» réveille à la fin du sommeil, et l'on se trouve
» sans œuvres. Je désire tellement d'être oublié
» qu'on ne pense pas seulement que j'ai été. »

Il vendit sa vaisselle d'argent; il en distribua
le montant en aumônes, se reprochant les retards
qu'il avait mis à secourir les nécessiteux. Il avait
deux hôtels à Paris, dont l'un s'appelait l'hôtel de
Tours : il les donna à l'Hôtel-Dieu et à l'Hôpital
général par acte passé devant les notaires Lemoine
et Thomas. Pour dernier sacrifice il se défit de la
terre de Véretz; mais par un reste de faiblesse il
accorda la préférence aux offres d'un de ses parents : ce parent ne put réaliser la somme, et le
marché fut rétrocédé à l'abbé d'Effiat. Les cent
mille écus que Rancé reçut de la vente, furent à
l'instant portés aux administrations des hôpitaux.

On lit des lettres modernes datées de Véretz :
qui a osé écrire de ce lieu après le gigantesque
Pénitent? Dans les bois de Larçay, jadis propriété
de Rancé, dans les parcs de Montbazon, parmi
des noms qui rappelaient une ancienne vie, le 11
avril 1825, on trouva un cadavre. Le 10 d'avril,
le jour finissant, une voix fut entendue : « *Je suis*

» *un homme mort!* » Une jeune fille, cachée avec
son amant dans de hautes bruyères, avait été témoin d'un meurtre. D'un autre côté, à demi vêtue, la veuve de Courier (c'était lui dont on avait
retrouvé le cadavre), âgée de vingt-deux ans,
descend la nuit parmi des personnages rustiques
comme une ombre délivrée. Les opinions de Courier à Véretz avaient réduit son intimité à des
rivalités inférieures : chagrins qui n'intéressent
personne, gémissements qui vont se perdre dans
l'océan muet qui s'avance sur nous. Peut-être
quelque grive redit-elle l'acte tragique dans les
bois où Rancé avait promené ses misères. Courier
avait écrit dans sa *Gazette du village* : « *Les rossi-*
» *gnols chantent et l'hirondelle arrive.* » Enfant
d'Athènes, il transmettait à ses camarades le
chant du retour de l'hirondelle.

Courier, savant helléniste, esprit tumultueux,
pamphlétaire à cheval, avait eu le malheur à
Florence de tacher d'encre un feuillet de Longus :
ensuite l'éditeur d'un passage perdu de *Daphnis
et Chloé* était venu s'ensevelir dans les lieux qu'a-
vait habités l'éditeur d'Anacréon.

Si les arbres sous lesquels fut tué Courier existent encore, qu'est-il resté dans ces ombrages,
que reste-t-il de nous partout où nous passons?

Paul-Louis Courier aurait-il cru que l'immortalité pouvait porter la haire et se rencontrer dans les larmes? Le réformateur de la Trappe a grandi à Véretz; l'auteur du Pamphlet des pamphlets a diminué. La vie dans sa pesanteur descendit sur un esprit qui s'était dressé pour morguer le ciel. Chose remarquable! Courier, le philosophe, a fait ses adieux au monde par les mêmes paroles que Rancé, le chrétien, avait perdues dans les bois : « Détournez de moi le calice ; la ciguë est amère. »

Véretz, au milieu du dix-huitième siècle, était la possession du duc d'Aiguillon, ministre de Louis XV. Ce ministre de perdition, comme tous les hommes d'alors, y fit imprimer à cinq ou sept exemplaires le *Recueil des pièces choisies*, pages obscènes et impies de madame la princesse de Conti. Le château de Véretz fut démoli pendant la révolution, piscine de sang où se lavèrent les immoralités qui avaient souillé la France. A Véretz et à la Trappe, Rancé a laissé ses deux parts : à Véretz la légèreté, l'irréligion, les mauvaises mœurs, suivies d'une destruction complète ; à la Trappe la gravité, la sainteté, la pénitence, qui ont survécu à tout.

Après la vente de Véretz, Rancé se défit de ses

bénéfices ; il ne se réserva qu'une retraite malsaine, pour y mourir, la Trappe. Lorsque Louis XIV prit les rênes de l'État, la France se divisa ; les uns allèrent combattre l'étranger, les autres se retirèrent au désert. Trois solitudes demeurèrent en présence : la Chartreuse, la Trappe et Port-Royal. A l'abri derrière ses guerriers et ses anachorètes, la France respira. Le dix-huitième siècle a voulu effacer Louis XIV, mais sa main s'est usée à gratter le portrait. Napoléon est venu se placer sous le dôme des Invalides comme pour assurer la gloire de Louis. On a eu beau faire des tableaux, les victoires de l'empire à Versailles n'ont pu effacer les souvenirs des victoires du dix-septième siècle. Napoléon a seulement ramené enchaînés à Louis XIV les rois que Louis XIV avait vaincus. Bonaparte a fait son siècle ; Louis a été fait par le sien : qui vivra plus long-temps de l'ouvrage du temps ou de celui d'un homme? C'est la voix du génie de toutes les sortes qui parle au tombeau de Louis ; on n'entend au tombeau de Napoléon que la voix de Napoléon.

Avant de nous parler des personnages qu'elle met en scène, la Grèce nous introduit sur le théâtre de leurs actions : Prométhée enchaîné

s'entretient avec l'Océan ; les sept chefs devant
Thèbès jurent sur un bouclier noir ; les Perses
pleurent à l'apparition de l'ombre de Darius ;
OEdipe, roi, paraît à la porte de son palais ; OEdipe
à Colone s'arrête près du bois des Euménides ;
prêt à quitter son exil, Philoctète s'écrie : « Adieu,
» doux asile de ma misère ! »

Les écrivains de la Vie des Pères du désert,
Grecs de naissance, ont été fidèles à cet ancien
usage : ils nous montrent Paul, premier ermite,
caché sous un palmier ; Antoine, premier solitaire,
s'enfermant dans un sépulcre ; Pacôme, premier
instituteur des Cénobites, assis sur une pierre à
Thebennes. Nous n'irons pas si loin avec Rancé ;
nous resterons près de Versailles : à trente lieues
des escaliers de marbre de l'Orangerie, qui n'é-
taient pas encore souillés de sang, nous trouve-
rons les austérités de la Thébaïde ; et cependant
le bruit de la cour nous parviendra comme les
murmures des flots du siècle.

Qu'était-ce que la Maison-Dieu lorsque Rancé
s'y retira ?

La Maison-Dieu s'appelle aujourd'hui la *Trappe :*
Trappe, dans le patois du Perche, signifie degré,
vraisemblablement de *trapan*. Notre-Dame de

la Trappe veut donc dire : Notre-Dame des Degrés.

L'abbaye de la Trappe fut fondée en 1122 par
Rotrou, second de ce nom, comte du Perche.
Rotrou avait fait vœu, en revenant d'Angleterre,
que, s'il échappait au naufrage dont il était me-
nacé, il bâtirait une chapelle en l'honneur de la
sainte Vierge. Le comte miraculeusement délivré,
pour conserver la mémoire de son aventure, fit
donner au toit de son église votive la forme d'un
vaisseau renversé. Rotrou III, fils du fondateur,
acheva les bâtiments de la chapelle, qui s'était
changée en monastère. Rotrou III partit pour la
première croisade ; il rapporta de la Palestine des
reliques qui furent déposées par son fils dans la
basilique nouvelle, à laquelle il ne manqua rien
de l'histoire de ces temps : vœu, naufrage, pèle-
rinage.

Louis VII était roi de France, et saint Bernard
premier abbé de Clairvaux, lorsque l'abbaye de
la Trappe fut fondée. Serlon IV, abbé de Savigny,
la réunit à l'ordre de Cîteaux en 1144 : Saint-Germain-des-Prés se rebâtissait alors dans Paris ;
l'abbaye eut pour bienfaiteur Richard Hurel et
ses fils, qui lui donnèrent la terre de Vastine.
La Trappe fut protégée des papes Alexandre III,

Clément III, Innocent III, Nicolas III, Boniface VIII, Jean XXI, Benoît XII. Saint Louis avait pris sous sa protection Notre-Dame de la Maison-Dieu de la Trappe, afin, dit la charte royale, que les religieux soient libres, paisibles, exempts de tous subsides, *sint liberi, quieti, exempti ab omnibus subsidiis*. Ce grand nom de saint Louis se mêle à toutes les origines de la monarchie. Saint Louis est le fondateur des monuments de l'Europe gothique, à compter de Notre-Dame de Paris jusqu'à la Sainte-Chapelle.

Par un ancien ménologe et par un relevé des tombes, on suppose dix-sept abbés depuis le premier abbé de la Trappe, dom Albode, jusqu'au cardinal Du Bellay, premier abbé commendataire, sous François I , en 1526.

Dom Herbert, abbé, s'étant croisé en 1212 avec Renaud de Dampierre et Simon de Montfort, fut pris par le kalife d'Alep; il demeura trente ans esclave. Délivré enfin, il fonda l'abbaye des *Clairets* dans la dépendance de la Trappe. On s'arrête à l'épitaphe du seizième abbé à cause de son nom : Dom Robert *Rancé*. La *Gallia Christiana* ne fait pas mention de quelques-uns de ces derniers détails.

L'abbaye de la Trappe n'était point fortifiée à

l'instar d'autres monastères de qui les abbés, comme Abbon de Paris, menaient vaillamment les mains : aussi pendant les deux siècles que les Anglais ravagèrent la France, la Trappe fut pillée plusieurs fois, notamment dans l'année 1410.

D'après les Pouillés, l'abbaye possédait les *Terres-Rouges*, les *bois de Grimonard*, le *chemin au Chêne-de-Bérouth*, les *Bruyères*, les *Neuf-Étangs* et les ruisseaux qui en sortent. Par où passait le chemin au Chêne-de-Bérouth? D'où venait l'immortalité de ce chêne, immortalité qui ne dépassait pas son ombre? Les bruyères s'étendant vers cet horizon sont-elles les mêmes que celles mentionnées aux Pouillés? Je viens de les traverser; enfant de la Bretagne, les landes me plaisent, leur fleur d'indigence est la seule qui ne se soit pas fanée à ma boutonnière. Là s'élevait peut-être le manoir de la châtelaine; elle consuma ses jours dans les larmes, attendant son mari, qui ne revint point de la Terre-Sainte avec l'abbé Herbert. Qui naissait, qui mourait, qui pleurait ici? Silence! Des oiseaux au haut du ciel, volent vers d'autres climats. L'œil cherche dans les débris de la forêt du Perche les campaniles abattues , il ne reste plus que quelques clochetons de chaume : bien que des *sings* annoncent encore la prière du soir, on n'entend plus à travers le brouillard retentir cette cloche nommée à Aubrac la cloche des *Perdus,* qui rappelle les errants, *errantes revoca.* Mœurs d'autrefois, vous ne renaîtrez pas; et si vous renaissiez, retrouveriez-vous le charme dont vous a parées votre poussière?

Il existe des procès-verbaux connus dans l'ordre des Bénédictins sous le nom de *cartes de visite,* c'est-à-dire cartes d'inspection : la carte de visite pour l'année 1685 est signée de Dom Dominique, abbé du Val-Richer. Elle décrit l'état de la Trappe avant la réforme de Rancé : les portes demeuraient ouvertes le jour et la nuit, et les hommes comme les femmes entraient librement dans le cloître. Le vestibule de l'entrée était si noir qu'il ressemblait beaucoup plus à une prison qu'à une Maison-Dieu. Ici il y avait une échelle attachée contre la muraille; elle servait à monter aux étages dont les planchers étaient rompus et pourris; on n'y marchait pas sans péril. En entrant dans le cloître, on voyait un toit devenu concave qui à la moindre pluie se remplissait d'eau; les colonnes qui lui servaient d'appui étaient courbées : les parloirs servaient d'écuries.

Le réfectoire n'en avait plus que le nom. Les moines et les séculiers s'y assemblaient pour jouer à la boule lorsque la chaleur et le mauvais temps ne leur permettaient pas de jouer au dehors.

Le dortoir était abandonné, il ne servait de retraite qu'aux oiseaux de nuit; il était exposé à la grêle, à la pluie, à la neige et au vent; chacun des frères se logeait comme il voulait et où il pouvait.

L'église n'était pas en meilleur état : pavés rompus, pierres dispersées; les murailles menaçaient ruine. Le clocher était près de tomber : on ne pouvait sonner les cloches qu'on ne l'ébranlât tout entier.

Il n'y avait d'autres ruisseaux à la Trappe que ceux que forment les étangs successifs qui s'élèvent avec le terrain, ni d'autres prairies que les queues des étangs; l'air n'était supportable qu'à ceux qui cherchaient à mourir. Des vapeurs s'élevaient de cette vallée et la couvraient. « Il est malaisé, écrit » Rancé à madame de Guise, que je me tire de » mes incommodités à l'âge que j'ai et à l'air que » nous habitons; c'est à la situation toute seule » du pays qu'il s'en faut prendre. Il a plu à Dieu » de nous y mettre; il savait bien les maux qui » nous en devaient naître : qu'importe où l'on » vive, puisqu'il faut mourir ! »

Dom Le Nain raconte que « les esprits impurs

» faisaient leur séjour dans le monastère et se
» nourrissaient des excès qui y régnaient. Ils y
» habitaient par troupes, n'y ayant là personne
» qui les chassât. »

Dom Felibien ajoute la vie à ces descriptions,
en y faisant voir la renaissance du culte chrétien.

« On voit d'abord en entrant ces paroles de Jé-
» rémie, écrites sur la porte du cloître : *Sedebit*
» *solitarius et tacebit.*

» L'église n'a rien de considérable que la sain-
» teté du lieu : elle est bâtie d'une manière go-
» thique et fort particulière ; elle ne laisse pas
» d'avoir quelque chose d'auguste et de divin ; le
» bout du côté du chœur semble représenter la
» poupe d'un vaisseau.

» Ce qui est digne de considération est la ma-
» nière dont ces religieux font l'office ; car vous
» les voyez d'une voix ferme et d'un ton grave
» chanter les louanges de Dieu. Il n'y a rien qui
» touche le cœur et qui élève davantage l'esprit
» que de les entendre à matines. Leur église n'é-
» tant éclairée que d'une seule lampe, qui est de-
» vant le grand-autel, l'obscurité, jointe au silence
» de la nuit, fait que l'âme se remplit de cette
» onction sacrée répandue dans tous les Psaumes.
» Soit qu'ils soient assis, soit qu'ils soient debout,

» soit qu'ils s'agenouillent, soit qu'ils se proster-
» nent, c'est avec une humilité si profonde, qu'on
» voit bien qu'ils sont encore plus soumis d'esprit
» que de corps. »

Sur une inscription de saint Bernard, placée
dans les cloîtres de la Trappe, Ducis composa ces
beaux vers :

> Heureuse solitude,
> Seule béatitude,
> Que votre charme est doux !
> De tous les biens du monde,
> Dans ma grotte profonde,
> Je ne veux plus que vous.
>
> Qu'un vaste empire tombe,
> Qu'est-ce au loin pour ma tombe,
> Qu'un vain bruit qui se perd ?
> Et les rois qui s'assemblent,
> Et leurs sceptres qui tremblent,
> Que les joncs du désert ?

Quand l'abbé de Rancé introduisait la réforme
dans son abbaye, les moines eux-mêmes n'étaient
plus que des ruines de religieux. Réduits au nombre de sept, ce reste de cénobites était dénaturé
par l'abondance ou par le malheur. Les moines,
depuis long-temps, avaient mérité des reproches :
dès le onzième siècle, Adalbéron déclare « qu'un
» moine est transformé en soldat. » En Normandie, un supérieur ayant prétendu admonester ses

7

moines fut flagellé par eux après sa mort. Abailard, qui tenta en Bretagne d'user de sévérité, se vit exposé au poison : « J'habite un pays barbare, » disait-il, dont la langue m'est inconnue ; mes » promenades sont les bords d'une mer agitée, » et mes moines ne sont connus que par leur » débauche. » Tout a changé en Bretagne, hors les vagues qui changent toujours.

Rancé courut de semblables dangers : aussitôt qu'il eut parlé de réforme, on parla de le poignarder, de l'empoisonner, ou de le jeter dans les étangs. Un gentilhomme du voisinage, M. de Saint-Louis, accourut à son secours : M. de Saint-Louis avait passé sa vie à la guerre ; le roi l'estimait, M. de Turenne l'aimait. Selon Saint-Simon, « c'é-» tait un vrai guerrier, sans lettres aucunes, avec » peu d'esprit, mais un sens le plus droit et le » plus juste que j'aie vu à personne, un excellent » cœur, et une droiture, une franchise et une fidé-» lité admirables (1). » Rancé refusa la généreuse assistance, disant que les apôtres avaient établi l'Évangile malgré les puissances de la terre, et qu'après tout le plus grand bonheur était de mourir pour la justice.

(1) Saint-Simon, tom. V, p. 131.

L'abbé menaça ses religieux d'informer le roi de leur déréglement : ce nom du roi avait pénétré au fond des plus obscures retraites.

Jusqu'alors nous n'avions senti que le despotisme irrégulier des rois qui marchaient à regret avec des libertés publiques, ouvrages des états-généraux, et exécutées par les parlements ; mais la France n'avait point encore obéi à ce grand despotisme qui imposait l'ordre sans permettre d'en discuter les principes. Sous Louis XIV, la liberté ne fut plus que le despotisme des lois, au-dessus desquelles s'élevait, comme régulateur, l'inviolable arbitraire. Cette liberté esclave avait quelques avantages : ce qu'on perdait en franchises dans l'intérieur, on le gagnait au dehors en domination : le Français était enchaîné, la France libre.

Les moines donnèrent à regret leur consentement à la réforme. Un contrat fut passé : 400 livres de pension furent accordées à chacun des sept demeurants, avec permission de rester dans l'enceinte de l'abbaye ou de se retirer ailleurs ; le contrat mutuel fut homologué au parlement de Paris, le 6 février 1663.

Rancé était toujours perplexe sur lui-même. Deux frères de l'Étroite Observance, appelés de

7.

Perseigne, arrivèrent et prirent possession de la Trappe.

Un accident survenu le 1ᵉʳ novembre 1662 contribua à fixer la résolution de Rancé. Sa chambre, dans le monastère qu'il avait achevé de réparer, s'écroula et pensa l'écraser : « Voilà, s'écria-t-il, » ce que c'est que la vie ! » Il se retira aussitôt dans un coin de l'église. Il entendit chanter le psaume : *Qui confidunt in Domino.* Frappé d'une lumière soudaine, il se dit : « Pourquoi craindrais- » je de m'engager dans la profession monastique ? » Les difficultés de son esprit s'évanouirent.

Il partit pour Paris, afin de demander au roi la permission de tenir en règle l'abbaye de la Trappe. Quelques hommes saints essayèrent de le détourner de sa résolution ; mais il dit à l'abbé de Prières, vicaire-général de l'Étroite Observance : « Je ne » vois point d'autre porte à laquelle je puisse » frapper pour retourner à Dieu que celle du cloî- » tre ; je n'ai d'autre ressource, après tant de » désordre, que de me revêtir d'un sac et d'un » cilice en repassant mes jours dans l'amertume » de mon cœur. »

L'abbé lui répondit : « Je ne sais, monsieur, si » vous comprenez bien ce que vous demandez : » *nescis quid petis.* Vous êtes prêtre, docteur de

» Sorbonne, d'ailleurs homme de condition ;
» nourri dans la délicatesse et dans le luxe, vous
» êtes accoutumé à avoir grand train et à faire
» bonne chère ; vous êtes en passe d'être évêque
» au premier jour ; votre tempérament est extrê-
» mement faible, et vous demandez d'être moine,
» qui est l'état le plus abject de l'Église, le plus
» pénitent, le plus caché et même le plus méprisé.
» Il vous faudra dorénavant vivre dans les larmes,
» dans les travaux, dans la retraite, et n'étudier
» que Jésus crucifié. Pensez-y sérieusement. »
Alors l'abbé de Rancé répondit : « Il est vrai, je
» suis prêtre, mais j'ai vécu jusqu'ici d'une ma-
» nière indigne de mon caractère ; je suis docteur,
» mais je ne sais pas l'alphabet du christianisme ;
» je fais quelque figure dans le monde, mais j'ai
» été semblable à ces bornes qui montrent les
» chemins aux voyageurs et qui ne se remuent
» jamais. »

L'abbé de Prières fut vaincu.

Dans quelques lettres qu'a bien voulu me communiquer M. Cousin, Rancé fait l'histoire des com-
bats qu'il eut à soutenir à cette époque. Les quatre
premières s'étendent de l'an 1661 à l'an 1664 ;
elles sont écrites à l'évêque d'Aleth.

« Je ne puis comprendre, dit-il, que j'aie la har-

» diesse d'entreprendre une profession qui ne
» veut que des âmes détachées, et que, mes pas-
» sions étant aussi vivantes en moi qu'elles sont,
» j'ose entrer dans un état d'une véritable mort.
» Je vous conjure, monseigneur, de demander à
» Dieu ma conversion dans une conjoncture qui
» doit être la décision de mon éternité, et qu'a-
» près avoir violé tant de fois les vœux de mon
» baptême, il me donne la grâce de garder ceux
» que je lui vais faire, qui en sont comme un re-
» nouvellement, avec tant de fidélité que je ré-
» pare en quelque manière les égarements de ma
» vie passée. »

Rancé écrivait à ses amis, le 13 avril 1663 :
« Je suis persuadé que vous serez surpris quand
» vous saurez la résolution que j'ai formée de
» donner le reste de ma vie à la pénitence. Si je
» n'étais retenu par le poids de mes péchés, plu-
» sieurs siècles de la vie que je veux embrasser
» ne pourraient satisfaire pour un moment de
» celle que j'ai passée dans le monde. »

L'abbé de Prières s'employa principalement
auprès de la reine-mère, afin d'obtenir du roi
pour que Rancé pût tenir son abbaye en règle.
Louis XIV agréa la requête, mais à la condition
qu'à la mort de cet abbé régulier, la Trappe re-

tournerait en commende. Le roi tenait aux traités de sa race. Le brevet fut expédié le 10 mai 1663, et envoyé à Rome pour être confirmé par Sa Sainteté. L'évêque de Comminges ayant su que Rancé était à l'institution à Perseigne pour commencer son noviciat, l'alla trouver, et lui dit qu'il craignait que, dans son ardeur, il n'allât si loin que personne ne le pourrait suivre. L'abbé répliqua qu'il se modérerait, et il trompa l'évêque : conversation entre deux soldats; l'un a appris à mesurer le péril, l'autre ne l'a jamais calculé.

En 1662, Rancé était allé visiter la Trappe et jeter un coup d'œil sur la solitude éternelle qu'il devait habiter. Il avait vu les étangs qui se retirent et s'élèvent en montant dans l'ancienne forêt du Perche, et dont plusieurs sont aujourd'hui supprimés. Il avait vu partout ces grandes feuilles solitaires qui flottaient sur les eaux comme un plancher, et à travers lesquelles les oiseaux aquatiques faisaient entendre quelques cris. Il hésita entre cette profonde retraite et son prieuré de Boulogne-Chambor, qui lui plaisait, parce qu'il était dans des bois; mais enfin il se décida pour la Trappe, à cause de certaine affinité secrète entre les solitudes de la religion et les

solitudes du passé. Il appela auprès de lui l'abbé
Barbery.

Rancé, dans ces jours-là écrivait à M. l'évêque
d'Aleth : « Comme les choses que je quitte et ma
» séparation des embarras extérieurs sont les
» moindres attachements de ma vie, que je ne
» puis me défaire de moi-même puisque je me
» trouve partout aussi misérable que je l'ai tou-
» jours été, je vous supplie de demander à Dieu
» ma conversion. »

L'évêque d'Aleth, Nicolas Pavillon, n'était pas
un guide sûr. Dans la confusion des doctrines du
temps, l'ami sur le bras duquel vous vous soute-
niez prenait au premier détour une autre route,
et vous laissait là.

Rancé, sentant qu'il était environné de chan-
celants compagnons, se décida : il sortit des rangs,
rompit la ligne ; déserteur d'une armée qui ne le
suivait pas, il alla droit de Paris à Perseigne apprendre la nouvelle profession qu'il s'était promis
d'embrasser. L'abbé de Perseigne le reçut avec
joie, mais avec tremblement. Au bout de cinq
mois de noviciat, il se déclara chez Rancé une
maladie dont il parle dans ses lettres, maladie
d'autant plus dangereuse qu'elle avait été long-
temps dissimulée. Les médecins le condamnèrent

s'il ne quittait la vie monastique ; l'abbé s'obstina,
se fit transporter à la Trappe et guérit. Retourné
à Perseigne, il écrivit à l'évêque d'Aleth : « Le
» temps de mes épreuves est près de finir : mon
» cœur n'en est pas moins rempli de misères.
» Je ne puis comprendre que j'aie la hardiesse de
» prendre une profession qui ne veut que des
» âmes détachées, et que mes passions étant aussi
» vivantes en moi qu'elles le sont, j'ose entrer
» dans un état d'une véritable mort. »

Il fit un adieu général au monde. D'une course
nouvelle, il s'élança après le Fils de Dieu, et ne
s'arrêta qu'à la croix.

On l'employa utilement pour son ordre pendant
son noviciat. La réforme avait été établie au monastère de Champagne. Les moines résistaient ; la
noblesse appuyait les moines : l'esprit frondeur
n'était pas encore éteint : restait à rendre l'arrière-
faix de la discorde. Ce moment de péril interrom-
pit le noviciat de Rancé : on le fit courir au secours de l'Étroite Observance. Vingt-cinq gentilshommes, conduits par le marquis de Vassé, sous
prétexte d'une partie de chasse, se présentèrent
à une abbaye dans le dessein d'en expulser le parti
des réformés. Rancé arrivait ; il leur demanda ce

qu'ils voulaient : il fut reconnu par Vassé, auquel il avait rendu jadis un important service. Vassé courut à lui, l'embrassa, et consentit à laisser en paix les religieux.

Revenu à Perseigne, le prieur parla d'envoyer en Touraine l'abbé, dont le noviciat n'était pas encore achevé. Le postulant s'y refusa, disant que cette tournée l'exposerait à des *périls*. L'historien se sert deux fois de ce mot sans le comprendre : l'explication est que Véretz, tout vendu qu'il était, barrait le chemin ; les périls qui menaçaient Rancé étaient des souvenirs. Étonné de la résistance, le prieur manda à l'abbé de Prières que le nouveau moine lui paraissait un homme attaché à son sens. L'abbé de Prières voulut parler à Rancé ; celui-ci alla le trouver à quatre lieues de Paris : le grand conspirateur de solitude le charma, car l'abbé Le Bouthillier avait des bienséances difficiles à distinguer de la véritable humilité : un éclair de la vie passée de l'homme du monde, plongeait dans les rudesses de la Foi.

Avant de prononcer ses vœux à Perseigne, Rancé retourna à la Trappe : il y lut son testament ; il donne ce qui lui reste à son monastère. Il s'accuse d'avoir été, par son insouciance, la cause d'un grand nombre de malversations ; il déclare parler sans exagération et sans excès ; il proteste que sa confession est aussi sincère que s'il était devant le tribunal de Jésus-Christ ; il abandonne à ses frères tous ses meubles ; il leur remet particulièrement ses livres. « Si, par des » événements qu'on ne peut prévoir, dit-il, la » réforme cessait d'être à la Trappe, je donne » ma bibliothèque à l'Hôtel-Dieu de Paris pour » être vendue au profit des pauvres et des ma- » lades. »

Rancé a l'air d'avoir un pressentiment des malheurs qui fondirent un siècle et demi plus tard sur son abbaye. Il laissa sa bibliothèque à ses religieux, lui qui ne voulait pas qu'un moine s'occupât d'études.

Ici on aperçoit madame de Montbazon pour la dernière fois. Astre du soir, charmant et funeste, qui va pour toujours descendre sous l'horizon. Aux dires de dom Gervaise, Rancé avait nombre de lettres de cette femme et deux portraits d'elle : l'un la représentait telle qu'elle était à son mariage, l'autre telle qu'elle était au moment où elle devint veuve. Ces secrets d'amour étaient confiés à la garde de la religion. La mère Louise avait pour surveiller ses dépôts, la faiblesse et la force nécessaires, l'indulgence d'une femme

qui a failli et le courage d'une femme qui se repent. Le matin même de ses vœux, Rancé écrivit
à Tours pour donner l'ordre de jeter les lettres
au feu et pour faire renvoyer les portraits à M. de
Soubise, fils de madame de Montbazon (1). Rompre avec les choses réelles, ce n'est rien; mais
avec les souvenirs! Le cœur se brise à la séparation des songes; tant il y a peu de réalités dans
l'homme.

Une autre lettre écrite à la mère Louise, le
14 juin 1664, porte : « J'attends avec une humble
» patience l'heureux moment qui doit m'immoler
» pour toujours à la justice de Dieu. Tous mes
» moments sont employés à me préparer à cette
» grande action. Je n'appréhende rien davantage,
» sinon que l'odeur de mon sacrifice ne soit pas
» agréable à Dieu; car il ne suffit pas de se don-
» ner, et vous savez que le feu du ciel ne des-
» cendait point sur le sacrifice de ce malheureux
» qui offrait à Dieu des victimes qui ne lui étaient
» point agréables. »

On n'a jamais fait attention à cette plainte, qui
sort du cœur de Rancé comme de ces boîtes har-
monieuses faites dans les montagnes, qui répè-

(1) Dom Gervaise, etc.

tent le même son; cette plainte n'indique point son objet, elle se confond avec les accusations dont le souffrant charge la vie. Résolu de s'ensevelir à la Trappe, Rancé fit d'abord un voyage à son prieuré de Boulogne, puis il partit pour la Trappe, résolu de s'ensevelir au milieu de ces jardins solitaires, comme jadis les souverains à Babylone.

Les expéditions de la cour de Rome pour tenir en règle l'abbaye de la Trappe arrivèrent. Rancé aurait voulu se régénérer avec dom Bernier, ancien religieux de la Trappe mal vivant jusqu'alors, et enfin touché de la grâce ; mais dom Bernier ne fut prêt que quatre mois plus tard. Le 26 juin 1664, Rancé fit profession entre les mains de dom Michel de Guiton, commissaire de l'abbé de Prières, avec deux autres novices, dont l'un, appelé Antoine, avait été domestique de Rancé. De serviteur qu'il était, il devint l'égal de son maître dans les aplanissements du ciel. Quatre jours après, Pierre Félibien prit, au nom de l'abbé de Rancé, possession de l'abbaye de la Trappe en qualité d'abbé régulier. Rancé reçut la bénédiction abbatiale des mains de l'évêque irlandais d'Arda, assisté de l'abbé de Saint-Martin de Séez. L'abbé de la Trappe se rendit dès le lendemain à son monastère. Et pourtant il écrivait à un de ses amis : « Ma disposition » n'est qu'une pure résignation à la Providence. » Priez pour moi. »

Ce premier séjour de Rancé à la Trappe ne fut pas long. Il faisait réparer de tous les côtés l'abbaye; mais tandis qu'il donnait des règlements nouveaux, il fut appelé à Paris à l'assemblée générale des communautés régularisées. Ce jeune homme, naguère si dépendant de l'opinion du monde, se rendit au lieu de la réunion dans une charrette comme un mendiant; affectation dont il ne put débarrasser sa vie. L'assemblée le nomma pour aller en cour de Rome plaider la cause de la réforme. Avant son départ, il s'aboucha avec le cardinal de Retz, qui s'était avancé jusqu'à Commercy. Ensuite Rancé retourna quelques jours à la Trappe. Il s'occupait comme un humble frère. Il disait : « Sommes-nous moins pécheurs que » les premiers religieux de Cîteaux ? Avons-nous » moins besoin de pénitence? » On lui représentait que, plus faibles, on ne pouvait plus pratiquer les mêmes austérités : « Dites, répondait-il, que » nous avons moins de zèle. » D'un consentement unanime les religieux se privèrent de l'usage du vin et de celui du poisson ; ils s'interdi-

rent la viande et les œufs. Il s'introduisit une
manière honnête de parler et d'agir les uns avec
les autres; ils respectaient en eux l'homme ra-
cheté, s'ils méprisaient l'homme tombé.

Dans la distribution du travail, une portion
d'un terrain inculte était échue à Rancé : au premier coup de bêche il rencontra quelque chose
de dur : c'étaient d'anciennes pièces d'or d'Angleterre. Il y en avait soixante, chacune valant
7 francs : ce présent de la Providence aide Rancé
à faire son voyage. Ayant convoqué ses moines
il leur fit ses adieux : « J'ai à peine le temps, leur
» dit-il, de vous remettre devant les yeux cette
» parole de saint Bernard : *Mon fils, si vous sa-*
» *viez quelles sont les obligations d'un moine, vous*
» *ne mangeriez pas une bouchée de pain sans l'ar-*
» *roser de vos larmes.* » Puis il ajouta : « Je prie
» Dieu d'avoir pitié de vous comme de moi. S'il
» nous sépare dans le temps, qu'il nous réunisse
» dans l'éternité. »

Les religieux se prosternèrent pour demander
à Dieu la conservation de leur abbé.

Le nouveau Tobie partit pour Ninive : il n'allait
pas épouser la fille de Raguel; la fille de Raguel
n'était plus. Le voyageur qui accompagnait Rancé
n'était pas Raphaël, mais l'Esprit de la pénitence;

cet Esprit ne se mettait pas en route pour récla-
mer de l'argent, mais la misère. Lorsqu'on erre
à travers les saintes et impérissables Écritures où
manquent la mesure et le temps, on n'est frappé
que du bruit de la chute de quelque chose qui
tombe de l'éternité.

Le grand expiateur avait retrouvé à Châlons-
sur-Saône l'abbé du Val-Richer, son compagnon
désigné de voyage. A Lyon il baisa la boîte qui
renfermait le cœur de saint François de Sales. Il
traversa les Alpes et arriva à Turin : il n'y vit
point le saint-suaire. A Milan le tombeau de saint
Charles Borromée l'appela : heureux les morts
quand ils sont saints ! ils retrouvent leur matin
dans le ciel. Sainte Catherine à Bologne attira la
vénération de Rancé; c'était là les antiquités qu'il
cherchait; il faisait consister sa repentance à ne
rien voir : ses yeux étaient fermés à ces ruines
dont l'abbé de La Mennais nous fait une peinture
admirable :

« De superbes palais, dit-il, se dégradent d'an-
» nées en années, montrant encore, à travers leurs
» élégantes fenêtres ouvertes à la pluie et à tous
» les vents, les vestiges d'un faste que rien ne rap-
» pelle dans nos chétives constructions modernes,
» d'un luxe grandiose et délicat dont les arts di-

» vers avaient à l'envi réalisé les merveilles. La
» nature qui ne vieillit jamais s'empare peu à peu
» de ces somptueuses villas, œuvres altières de
» l'homme et fragiles comme lui. Nous avons vu
» des colombes nicher sur des corniches d'une
» salle peinte par Raphaël, le câprier sauvage en-
» foncer ses racines entre les marbres déjoints,
» et le lichen les recouvrir de ses larges plaques
» vertes et blanches. »

De Bologne à Florence, Rancé, sur une route
triste dans les Apennins, fut renversé à terre de
son cheval par le vent. A Florence le pèlerin ne
s'enquit point de Dante et de Michel-Ange : quand,
à mon tour, j'ai cheminé parmi ces débris, j'étais
interdit. Rancé reçut les honneurs de la duchesse
de Toscane. On regrette qu'il ne se soit pas arrêté
plus loin au vallon d'Égérie : il aurait pu mener
des Lémures saluer Néère et Hostia là où tant
de femmes avaient passé. Enfin il entra dans la
ville des saints apôtres. O Rome, te voilà donc
encore ! Est-ce ta dernière apparition ? Malheur
à l'âge pour qui la nature a perdu ses félicités !
Des pays enchantés où rien ne vous attend sont
arides : quelles aimables ombres verrais-je dans
les temps à venir ? Fi ! des nuages qui volent sur
une tête blanchie !

8

Rancé était arrivé le 16 novembre 1664, six semaines après l'abbé de Citeaux accouru pour combattre l'Étroite Observance. Il fut appelé à l'audience du pape le 2 de décembre 1664, à Monte-Cavallo. Il lui dit : *Beatissime pater, ad Sanctitatis Vestræ pedes humiliter accedimus* (1). Alexandre VII l'accueillit par ces paroles : *Adventus vester non solum gratus est nobis, sed expectavimus eum.* « Votre venue ne nous est pas seulement agréable, mais nous l'attendions. » Sa Sainteté reçut avec respect des lettres de la Reine-Mère, de Mademoiselle, du prince de Conti et de madame de Longueville, dont les signatures étaient en contraste avec les vertus de Rancé. Malheureusement alors les rangs comptaient plus que les mœurs. Rancé fit entendre ces paroles soumises : « Très-saint père, sorti des monas-
» tères où nos péchés nous ont obligé de nous
» retirer, nous venons écouter Votre Sainteté
» comme l'oracle par lequel le Seigneur veut
» nous faire connaître ses volontés. »

Cette soumission ne rassura pas tellement le pape que Rancé ne se crût obligé de s'expliquer : « Les Pères de la Trappe, dit-il, n'avaient pas

(1) Maupeou, tom. I, pag. 58.

» prétendu se soustraire à la juridiction ecclésia-
» stique, pour aller devant les tribunaux sécu-
» liers. » Point délicat par lequel Rancé sut dé-
terminer ensuite en sa faveur les décisions de
Louis XIV. Il fut résolu que Sa Sainteté com-
mettrait l'examen de l'Étroite Observance au jugement d'une congrégation de cardinaux. Rancé
se retira satisfait, il écrivit : « Je fus auprès de
» Sa Sainteté une heure et demie ; on ne pourrait
» attendre plus de marques de bénignité et de
» bonté que Sa Sainteté n'en fît paraître. »

Rancé alla voir le Père Bona, qui, devenu cardinal, lui conserva de l'amitié. Des commissaires
furent nommés par le pape pour étudier l'affaire.
On instruisit Rancé qu'il n'obtiendrait pas ce
qu'il désirait. Au commencement de l'année 1665,
Rancé apprit que les décisions des cardinaux ne
lui seraient pas favorables, et que des lettres
venues de France lui faisaient tort : il se présenta
au Vatican, où l'on bénit la ville et le monde.

L'affaire pour laquelle Rancé était venu ne
plaisait point. D'un autre côté, les ordres monastiques de la Commune Observance traitaient
les réformateurs d'hommes singuliers, voisins
du schisme ; la règle étroite ne trouva parmi les

8.

grandes congrégations de Rome que la voix de quelques moines inconnus d'une vallée du Perche. En vain Rancé fut protégé par Anne d'Autriche, la perspicacité italienne voyait que la mère de Louis XIV se mourait; or, la tombe, toute souveraine qu'elle est, a peu de crédit. Alors Rancé, voyant sa cause perdue, se remit en route pour la Trappe. A peine fut-il sorti de Rome que son entreprise fut surnommée *une furie française, una furia francese*, comme on appelle notre courage. En arrivant à Lyon il se hâta d'écrire :

« Tous mes proches commencent à être d'un
» même sentiment sur mon sujet, et j'ai reçu
» hier une lettre qui vous surprendrait si vous
» l'aviez vue. Mon départ fit pourtant quitter
» Rome à M. de Cîteaux, qui nous était un très-
» grand obstacle, lequel, croyant me devoir sui-
» vre en France, sursit dans l'esprit de nos juges
» les desseins qu'ils avaient sur notre affaire. »

L'abbé de Prières, ayant appris l'arrivée de Rancé, lui manda, le 24 février 1665, de retourner en Italie. Prières était une abbaye de Bernardins fondée en 1250, à trois lieues de La Roche-Bernard, à l'embouchure de la Villaine, dans ma pauvre patrie. Bien que Rancé fût per-

suadé de l'inutilité de ce second voyage, il obéit.
Une personne inconnue voulut faire accepter à
Rancé une bourse où il y avait quarante louis :
Rancé n'en prit que quatorze.

L'Apennin revit sur ses sommets ce voyageur
qui n'écrivait ni ne faisait de journal. A Monte-
Luco, parmi des bois d'yeuses, Rancé put apercevoir des ermitages blancs déjà habités de son
temps, et où le comte Potoski s'est depuis caché.
Rancé portait avec lui une chère remembrance,
mais c'était la première fois qu'il voyageait : il
n'avait pas été dix-sept ans, comme Camoëns,
exilé au bout de la terre, ainsi que le raconte si
bien M. Magnin; il ne pouvait pas dire sur un
vaisseau, en présence des rochers de Bab-el-
Mandeb : « Madame, je demande de vos nouvelles
» aux vents qui viennent de la contrée que vous
» habitez, aux oiseaux qui vous ont vue. » Le
souffle de la religion et la voix des anges ne lais-
saient arriver jusqu'à Rancé que des souvenirs
expiatoires. Le soldat de la nouvelle légion chrétienne rentra le 2 d'avril 1665 à ce camp vide
des prétoriens, où l'on ne voit plus que des
martres et la fumeterre des chèvres, qui tremble
sur les murs. « Rome, dit Montaigne, seule ville
» commune et universelle ! Pour être des princes

» de cet état, il ne faut qu'être de chrestienté.
» Il n'est lieu ici-bas que le ciel ait embrassé avec
» telle influence de faveur et telle constance : sa
» ruine même est glorieuse et enflée. »

Rancé monta au Vatican; il parcourut inutile-
ment le grand escalier désert foulé par tant de
pas effacés, d'où descendirent tant de fois les
destinées du monde. Il adressa une supplique aux
cardinaux. Un d'entre eux s'emporta : les récla-
mations de l'indigence le mettaient en colère.
L'abbé de Rancé répondit : « Ce n'est point la
» passion, monseigneur, qui me fait parler; c'est
» la justice. »

« Ce grand homme, dit Pierre Le Nain, traitait
» les affaires à la façon des anges, avec la paix
» de son cœur et une parfaite soumission aux
» ordres du ciel. »

Lorsque Rancé parut à Rome en 1664, et qu'il
y revint au mois d'avril 1665, Alexandre VII,
Fabio Chigi, occupait la tiare. On recherchait
encore les traces de l'ambition de dona Olympia
sous Innocent X, comme on visite les dégâts d'un
siége levé. Il n'est resté des Pamphili que la villa
de ce nom. « Quant à Alexandre VII, dit le car-
» dinal de Retz, il se communiquait peu; mais

» ce peu qu'il se communiquait était mesuré et
» sage, *savio col silentio.* »

Dans d'autres courses à Rome, le cardinal de
Retz trouva qu'il s'était trompé, et que Chigi
n'était pas grand'chose. Après l'élection de Chigi,
Barillon avait dit au coadjuteur : « Je suis résolu
» de compter les carrosses pour en rendre ce soir
» un compte exact à M. de Lionne : il ne faut pas
» lui épargner cette joie. » Tels étaient le langage,
la politique et les mœurs que Rancé rencontra
au tombeau des saints apôtres. Innocent X avait
condamné les cinq propositions; Alexandre VII
changea quelques mots au *Formulaire.* Ces changements furent agréés par Louis XIV; mais en
même temps, pour réparation d'une insulte faite
au duc de Créqui, il exigea qu'une pyramide fût
élevée devant l'ancien corps-de-garde des Corses,
pyramide qui ne fut abattue que sous Clément IX.
Alexandre VII canonisa saint François de Sales,
créa une nouvelle bibliothèque, et s'occupa lui-
même de lettres. On a de lui un volume de poésie
intitulé : *Philomati Musæ juveniles*, seul rapport
qu'il eut avec l'éditeur des œuvres d'Anacréon,
si ce n'est le cercueil qu'il fit mettre sous son lit
le jour de son exaltation au pontificat.

Pendant le voyage de Rancé à Lyon, le cardi-

nal de Retz était revenu à Rome. Il reçut bien son
ami le converti, et le força d'accepter chez lui un
logement. Rancé ne tira aucun fruit du passage du
coadjuteur à Rome, si ce n'est quelques audiences
inutiles qu'il lui fit obtenir du pape. Le rôle actif
du chef de la Fronde était fini : il y a un terme à
tout ce qui n'est pas de la grande nature humaine.

Le cardinal de Retz était petit, noir, laid, mal-
adroit de ses mains ; il ne savait pas se *boutonner*.
La duchesse de Nemours confirme ce portrait de
Tallemant des Réaux : « Le coadjuteur vint, dit-
» elle, en habit déguisé, voir le cardinal Mazarin.
» M. le Prince, qui sut cette visite, en parla au
» cardinal, lequel lui tourna fort ridiculement et
» le coadjuteur, et son habit de cavalier, et ses
» plumes blanches et ses jambes tortues ; et il
» ajouta encore à tout le ridicule qu'il lui donna
» que, s'il revenait une seconde fois déguisé, il
» l'en avertirait, afin qu'il se cachât pour le voir
» et que cela le ferait rire. »

Les portraits du cardinal de Retz n'offrent pas
ces difformités : dans l'air du visage il a quelque
chose de froid et d'arrogant de M. de Talleyrand,
mais de plus intelligent et de plus décidé que
l'évêque d'Autun.

Né à Montmirail au mois d'octobre 1614 d'une

famille florentine qui conseilla la Saint-Barthé-
lemy, le cardinal ne montra pas les vertus que
tâcha de lui inspirer saint Vincent de Paul, son
précepteur : l'homme du bien, en ces temps-là,
touchait à l'homme du mal, et il restait dans celui-ci quelque impression de la main qui l'avait
modelé. Retz écrivit la Conjuration de Fiesque,
ce qui fit dire au cardinal de Richelieu : « Voilà un
» dangereux esprit. » La pourpre romaine avait
cela d'avantageux qu'elle créait un homme indé-
pendant au milieu des cours. Retz professait du
respect pour quiconque avait été chef de parti,
parce qu'il avait honoré ce nom dans les Vies de
Plutarque : l'antiquité a long-temps gâté la France.
Il disait qu'à son âge César avait six fois plus de
dettes que lui : après cela il fallait conquérir le
monde, et Retz conquit Broussel, une douzaine
de bourgeois, et fut au moment d'être étranglé
entre deux portes par le duc de Larochefoucauld.

Retz, à son début, aima sa cousine, mademoiselle de Retz : elle montrait, dit-il, tout ce que
la *morbidezza* a de plus tendre, de plus animé et
de plus touchant.

Suspect à Richelieu, ayant eu l'audace de mu-
guetter ses femmes, le lovelace tortu et batailleur
fut obligé de s'enfuir. Il alla à Venise, où il pensa

se faire assassiner pour la signora Vendranina;
il erra dans la Lombardie, se rendit à Rome, dis-
cuta à la Sapience, eut une querelle avec le prince
de Schomberg, et revint en France. Ses mésintel-
ligences avec le cardinal de Richelieu continuèrent
à propos de madame de la Meilleraie. Il lui passa
par la tête de hasarder un assassinat sur le cardinal; mais il sentit *ce qui pouvait être une peur.*
Bassompierre, prisonnier à la Bastille, l'engagea
avec des intrigants. La bataille de la Marfée eut
lieu; le comte de Soissons la gagna et fut tué. Cette
mort contribua à fixer le cardinal de Retz dans la
profession ecclésiastique. Une dispute commencée
avec un ministre protestant lui acquit quelque
renom. Il se lia avec mademoiselle de Vendôme
par l'aventure où il rivalisa de courage avec M. de
Turenne contre des capucins qui se baignaient à
Neuilly : les conditions peu morales de cette liaison
sont rapportées dans les *Mémoires.* Enfin, en vertu
des protections de ces temps, il fut nommé coadjuteur de Paris, dont son oncle, M. de Gondy,
occupait le siége.

Vint la Fronde. Mazarin finit par enfermer le
coadjuteur au château de Vincennes; de là transféré au château de Nantes, il s'en évada : quatre
gentilshommes l'attendaient au bas de la tour,

dont il se laissa dévaler. Caché dans une meule
de foin, mené à Beaupréau par M. et madame de
Brissac, il fut transporté à Saint-Sébastien en Espagne, sur une balandre de la Loire. Il vit à Sara-
gosse un prêtre qui se promenait seul, parce qu'il
avait enterré son dernier paroissien pestiféré. A
Valence, les orangers formaient les palissades des
grands chemins. Retz respirait l'air qu'avait res-
piré Vannozia. Embarqué pour l'Italie, à Maïor-
que le vice-roi le reçut : il entendit des filles
pieuses à la grille d'un couvent : elles chantaient.
Après trois jours il traversa le canal de la Corse,
alors inconnu, aujourd'hui fameux. Il arriva à
Porto-Longone; il se rendit à Porto-Ferraïo, qui
plus tard reçut Bonaparte, homme d'un autre
monde, changé d'empire, jamais détrôné. Enfin
il prit terre à Piombino, et poursuivit sa route
vers Rome.

Un conclave s'ouvrit en 1655 par la mort
d'Innocent X. Le cardinal de Retz s'attacha à
l'escadron volant : Chigi fut élu sous le nom
d'Alexandre VII. Retz fit courir le bruit qu'il
avait contribué à l'élection : Joly, son secrétaire,
assure qu'il n'en fut rien.

Retz se retira à Besançon, séjourna à Constance,
puis à Ulm, et il alla voir en Angleterre Charles II,

dont il avait secouru la mère pendant la Fronde.

Mazarin mourut le 9 mars 1661. Rentré en France, Retz entreprit deux ouvrages : l'un, sa généalogie (insipidité du temps : on compte ses aïeux lorsqu'on ne compte plus); l'autre, une histoire latine des troubles de la Fronde, de même que Sylla écrivit en grec ses proscriptions. Le cardinal vint saluer le roi à Fontainebleau. Reçu avec froideur, les jeunes gens se demandaient comment cet avorton avait jamais pu être quelque chose : ils n'avaient pas vu Couthon Alors commença, ou plutôt se renoua, la liaison du cardinal et de madame de Sévigné.

Celle-ci, dont on a publié peut-être trop de lettres, ne pouvait se garantir de la raillerie, même envers les gens qu'elle croyait aimer : elle appelait le cardinal de Retz le *héros du bréviaire.* Le cardinal était à Saint-Denis en 1649. Madame de Sévigné annonce, nombre d'années après, au vieil acrobate mitré, que Molière lui lira, à lui, *Trissotin,* et que Despréaux lui fera connaître son *Lutrin.* Elle parle du *bon cardinal;* elle nous apprend qu'il se fait peindre par un religieux de Saint-Victor, qu'il donnera son image à madame de Grignan, laquelle ne s'en souciait pas du tout. Madame de Sévigné se promène comme une bonne avec le malade; elle insiste pour que sa fille accepte une cassolette de lui, et sa fille la refuse avec dédain. On peut lire là-dessus une excellente leçon de M. Ampère. Mais à mesure que l'on approche de la fin du cardinal, l'admiration de madame de Sévigné baisse, parce que ses espérances diminuent. Légère d'esprit, inimitable de talent, positive de conduite, calculée dans ses affaires, elle ne perdait de vue aucun intérêt, et elle avait été dupe des intentions testamentaires qu'elle supposait au coadjuteur.

Joly, la duchesse de Nemours, La Rochefoucauld, madame de Sévigné, le président Hénault et cent autres, ont écrit du cardinal de Retz : c'est l'idole des mauvais sujets. Il représentait son temps dont il était à la fois l'objet et le réflecteur. De l'esprit comme homme, du talent comme écrivain (et c'était là sa vraie supériorité) l'ont fait prendre pour un personnage de génie. Encore faut-il remarquer qu'en qualité d'écrivain il était court comme dans tout le reste : au bout des trois quarts du premier volume de ses *Mémoires*, il expire en entrant dans la raison. Quant à ses actions politiques, il avait derrière lui la puissance du parlement, une partie de la cour et la faction populaire, et il ne vainquit rien. Devant lui il n'avait qu'un prêtre étranger, méprisé, haï, et il ne le renversa pas : le moindre de nos révolutionnaires eût brisé dans une heure ce qui arrêta Retz toute sa vie. Le prétendu homme d'État ne fut qu'un homme de trouble. Celui qui joua le grand rôle était Mazarin ; il brava les orages enveloppé dans la pourpre romaine : obligé de se retirer en face de la haine publique, il revint par la passion fidèle d'une femme, et nous amenant Louis XIV par la main.

Le coadjuteur finit ses jours en silence, vieux réveille-matin détraqué. Réduit à lui-même et privé des événements, il se montra inoffensif : non qu'il subit une de ces métamorphoses avant-coureurs du dernier départ, mais parce qu'il avait la faculté de changer de forme comme certains scarabées vénéneux. Privé du sens moral, cette privation était sa force. Sous le rapport de l'argent il fut noble ; il paya les dettes de sa royauté de la rue, par la seule raison qu'il s'appelait *M. de Retz.* Peu lui importait du reste sa personne : ne s'est-il pas exposé lui-même au coin de la borne? On le pressait de dicter ses aventures, et le romancier transformé en politique les adresse à une femme sans nom, chimère de ses corruptions idéalisées : « Madame, quelque répugnance que

» je puisse avoir à vous donner l'histoire de ma
» vie, néanmoins, comme vous me l'avez deman-
» dée, je vous obéis. »

N'ayant plus où se prendre, il s'était fait le familier de Dieu, comme en sa jeunesse il avait
serré la main des quarteniers de Paris. Il passait
ses jours aux églises; on prêtait l'oreille pour ouïr
son cri du fond de l'abîme, pour pleurer aux
Psaumes de la pénitence ou aux versets du *Mi-
serere*, et l'on écoutait en vain. Les sépulcres,
les images du Christ, ne l'enseignaient pas : uni-
quement épris de sa personne, il ne se rappelait
que le rôle qu'il avait joué, sans s'embarrasser de
sa vie morale. Il inspectait les lambeaux de ce
qu'il fut pour se reconnaître; il éventait ses iniquités, afin de se former une idée semblable de
lui-même; puis il venait écrire les scandales de
ses souvenirs. En l'exhumant de ses *Mémoires* on
a trouvé un mort enterré vivant qui s'était dévoré
dans son cercueil.

Joueur jusqu'à la fin, ne lui vint-il pas dans
l'esprit de se retirer à la Trappe, et d'écrire ses
Mémoires sur la table où Rancé écrivait ses Maximes! Rancé fut obligé d'aller à Commercy pour
détourner le cardinal de son pieux dessein. Bossuet s'était malheureusement écrié : « Le coad-

» juteur menace Mazarin de ses tristes et intré-
» pides regards. » Les grands génies doivent pe-
ser leurs paroles ; elles restent, et c'est une beauté
irréparable.

Homme de beaucoup d'esprit, mais prélat sans
jugement et évêque sacrilége, Retz contraria l'a-
venir de Dieu : il ne se douta jamais qu'il y eût
plus de gloire dans un chapelet récité avec foi
que dans tous les hauts et les bas de la destinée.
Esprit aux maximes propres à des brouilleries
plutôt qu'à des révolutions, il essaya la Fronde à
Saint-Jean de Latran, se croyant toujours dans la
Cour des Miracles. Indifférent et mélancolieux,
cet Italien francisé se trouva sur le pavé lorsque
Louis XIV eut jeté les baladins à la porte, même
en respectant beaucoup trop en eux leur vie passée et l'habit qu'ils avaient sali. Placé entre la
Fronde qui permettait tout, et le maître de Versailles qui ne souffrait rien, le coadjuteur s'é-
criait : « Est-il quelqu'un pire que moi? » avec le
même orgueil que Rousseau s'écrie : « Est-il quel-
» qu'un meilleur que moi? » Retz continua ses
passepieds jusqu'à sa mort : mais il faut être Richelieu pour ne pas s'amoindrir en dansant une
sarabande, castagnettes aux doigts, et en panta-
lon de velours vert.

Ce n'est donc pas à l'hôtel du cardinal de Retz que Rancé aurait pu apprendre à se plaire dans la capitale du monde chrétien. La société de Rome ne pouvait lui offrir aucune ressource.

Néanmoins à l'époque de Rancé, Rome n'était pas dépourvue de Français dignes de lui : en 1664 Poussin avait acheté, de la dot de sa femme, une maison sur le mont Pincio, auprès d'un casino de Claude Lorrain, en face de l'ancienne retraite de Raphaël, au bas des jardins de la villa Borghèse ; noms qui suffisent pour jeter l'immortalité sur cette scène. Le Poussin mourut au mois de novembre 1665 et fut enterré dans *Saint-Laurent in Lucinia.* Si Rancé eût attendu seulement cinq ou six mois, il aurait pu assister à des funérailles avec l'abbé Nicaise, auteur d'un voyage à la Trappe, là où je n'ai eu que l'honneur de placer un buste. Le réformateur aimait les tableaux, témoin ceux qu'il avait lui-même esquissés : en voyant le cercueil du Poussin, il aurait été touché, tandis que se serait augmenté son mépris pour la gloire humaine. « J'ai rencontré Poussin, dit » Bonaventure d'Argonne, dans les débris de » Rome, ou dessinant sur les bords du Tibre. » L'abbé Antoine Arnauld, de la génération de Port-Royal, affilié depuis à la Trappe, avait aussi fré-

9

quenté l'auteur du tableau du Déluge. Ce tableau rappelle quelque chose de l'âge délaissé et de la main du vieillard : admirable tremblement du temps ! souvent les hommes de génie ont annoncé leur fin par des chefs-d'œuvre : c'est leur âme qui s'envole.

Enfin la *Léonora* de Milton pouvait, à la rigueur, exister : Mazarin l'avait fait venir à ses concerts ; peut-être était-elle là, ne rendant plus aucun bruit ; lyre sans cordes. Rancé ne fut pas touché de la grandeur des campagnes romaines, ces sortes d'idées n'étaient pas encore nées : toutefois saint François avait chanté la beauté de la création éclose de la bonté de Dieu. Il y avait bien des images dignes de la mélancolie dans cette terre de tous les regrets ; Rancé eût pu marcher avec les derniers pas du jour sur le sommet du Soracte ; du haut du mont Marius, il eût aperçu les plages de Civita-Vecchia ; à Ostie il eût rejoint le sable facile à se creuser. Lord Byron avait marqué sa fosse aux grèves de l'Adriatique. Mais rien ne plaisait à Rancé dont le cœur était plus triste que la pensée.

Et cependant s'il ne s'était trop enseveli dans la préoccupation de ses fautes, il eût rencontré dans Rome même de quoi contenter sa ferveur.

Partout se présentaient à lui des oratoires dans des parcours abandonnés semés de fleurs, dans ces asiles dont le Père Lacordaire a fait cette peinture :

» Au son d'une cloche toutes les portes du
» cloître s'ouvraient avec une sorte de douceur
» et de respect. Des vieillards blanchis et sereins,
» des hommes d'une maturité précoce, des ado-
» lescents en qui la pénitence et la jeunesse lais-
» saient une nuance de beauté inconnue du monde,
» tous les temps de la vie apparaissaient ensem-
» ble sous un même vêtement. La cellule des cé-
» nobites était pauvre, assez grande pour contenir
» une couche de paille ou de crin, une table et
» deux chaises ; un crucifix et quelques images
» pieuses en étaient tout l'ornement. De ce tom-
» beau qu'il habitait pendant ses années mortel-
» les, le religieux passait au tombeau qui précède
» l'immortalité. Là même il n'était point séparé
» de ses frères vivants et morts. On le couchait,
» enveloppé de ses habits, sous le pavé du chœur ;
» sa poussière se mêlait à la poussière de ses
» aïeux, pendant que les louanges du Seigneur
» chantées par ses contemporains et ses descen-
» dants du cloître remuaient encore ce qui res-
» tait de sensible dans ses reliques. O maisons

9.

» aimables et saintes ! On a bâti sur la terre d'au-
» gustes palais ; on a élevé de sublimes sépultu-
» res ; on a fait à Dieu des demeures presque di-
» vines ; mais l'art et le cœur de l'homme ne sont
» jamais allés plus loin que dans la création du
» monastère. »

Déjoué dans ses négociations comme dans ses
sentiments, Rancé s'enferma dans sa vie. Il soigna
un serviteur qui pensa mourir : inflexible pour
lui, il pliait sa vie pour les autres. Il ne buvait
que de l'eau, ne mangeait que du pain ; sa dépense
par jour ne passait pas six oboles, prix d'une cou-
ple de colombes ; mais il s'abstenait de ces doux
oiseaux qui coûtent si peu cher. Ne pouvant faire
auprès des hommes les affaires de Dieu, il tâchait
de faire auprès de Dieu les affaires des hommes.

« Il ne voulait voir, dit Maupeou, ni les anciens
» monastères, ni les anciens monuments de la
» magnificence romaine, cirques, théâtres, arcs
» de triomphe, trophées, portiques, colonnes,
» pyramides, statues et palais, imitant en cela le
» célèbre Ammonius, qui accompagnant Athanase
» à Rome, n'y voulut voir que le fameux temple
» dédié aux apôtres saint Pierre et saint Paul. »
Rancé fréquentait les églises, passant les heures

à prier dans ces habitacles oubliés sur tant de collines célèbres.

La pénitence sortie de Rome errait à l'entour ; pauvre *Piferario* des Abruzzes, elle faisait entendre le son de sa musette devant une madone. Rancé s'avançait quelquefois seul devant le labyrinthe des cercueils, soubassement de la cité vivante. Il n'y a peut-être rien de plus considérable dans l'histoire des chrétiens que Rancé inconnu priant à la lumière des étoiles, appuyé contre les aqueducs des Césars à la porte des catacombes : l'eau se jetait avec bruit par-dessus les murailles de la ville éternelle, tandis que la mort entrait silencieusement au-dessous par la tombe.

Rancé avait désiré accomplir les fêtes de Noël dans un couvent de son ordre ; il y renonça lorsqu'il eut appris d'un vieux moine qu'on ne faisait point à table de lecture pieuse et qu'on jouait aux cartes après le souper. Confiné dans sa maison, il écrivait : « Je passe ici ma vie dans une langueur » et dans une misère que je ne puis vous expri- » mer. Rome m'est aussi peu supportable que la » cour me l'était autrefois. Je ne vous dirai rien » des curiosités de Rome ; je ne les vois point et » je ne me sens touché d'aucun désir de les voir. » Mon unique consolation est celle que je trouve

» au tombeau des princes des apôtres et des saints
» martyrs, où je me retire le plus souvent qu'il
» est possible. »

Enfin, ayant tout épuisé, Rancé songea à son
retour : il emportait quelques reliques que lui
avait données l'évêque de Porphyre, sacriste
d'Alexandre VII. Saint Bernard retourna, jeune
encore, à son couvent avec une dent de saint
Césaire : ne vieillissons point en quelque lieu que
ce soit, de peur de voir mourir autour de nous,
jusqu'à notre renommée. Avant de quitter Rome,
Rancé obtint du pape la licence de se retirer à
la Grande-Chartreuse : ce permis existe; il est
resté comme le bref d'un songe. Rancé n'exécuta
pas tout le bien qu'il avait rêvé : en compensation
des bonnes intentions perdues on aperçoit dans
les *Olim* des intentions de fautes qui n'ont jamais
été commises. L'esprit du réformateur errait partout
où il n'y avait point d'hommes; il ne s'arrêtait
qu'à l'orée d'un champ, au feu de chaume
du pâtre. Descendu de l'Italie, Rancé visita dans
la *Vallée d'Absinthe* la poussière du grand abbé
de Clairvaux, si toutefois elle renferme cette
poussière : il y voulut demeurer; on le refusa.
L'abbé de Prières avait mis Rancé sous la conduite
de l'abbé du Val-Richer, qu'on appelait

dans le siècle Dominique - Georges : les héros d'Homère avaient des noms vulgaires pour les peuples.

On ne vit donc point Rancé suspendu dans les abîmes de saint Bruno, ou attaché à la tombe de saint Bernard : c'eût été plus éclatant pour le poète, moins grand pour le saint. Dieu, qui avait ses conseils, rappela Rancé à la Trappe, afin d'y établir la Sparte chrétienne.

Rancé obtint une audience de congé du saint Père. Il partit au mois d'avril, accompagné du jugement du pontife qui condamnait l'étroite observance. De nos jours, l'auteur de l'*Indifférence en matière de religion*, repoussé dans ses réformes, a continué de croire qu'elles s'accompliraient : une voix, est-il persuadé, partira on ne sait d'où ; l'Esprit de sainteté, d'amour, de vérité remplira de nouveau la terre régénérée.

Voilà ce que pense l'immortel compatriote dont je pleurerais en larmes amères tout ce qui pourrait nous séparer sur le dernier rivage. Rancé, qui s'accotait contre Dieu, acheva son œuvre ; l'abbé de La Mennais s'est incliné sur l'homme : réussira-t-il ? L'homme est fragile et le génie pèse. Le roseau, en se brisant, peut percer la main qui l'avait pris pour appui.

LIVRE TROISIÈME.

Ici commence la nouvelle vie de Rancé : nous entrons dans la région du profond silence. Rancé rompt avec sa jeunesse, il la chasse et ne la revoit plus. Nous l'avons rencontré dans ses égarements, nous allons le retrouver dans ses austérités. La pénitence était son arrière-garde; il se mettait à sa tête, se retournait, et donnait avec elle sur le monde. Il paraissait dans son extérieur, disent les historiens, une majesté qui ne pouvait venir que du Dieu de majesté. Ceux à qui leur conscience reprocha quelque chose ne l'osaient venir chercher, persuadés qu'il connaissait divinement ce qu'ils avaient de plus caché. « Qui me donnera, s'écriait-il, les ailes de la co- » lombe pour fuir la société des hommes! » Dans mes temps de poésie, j'ai mis moi-même ces paroles de l'Écriture dans un chant de femme (1). L'hymne de Rancé se termine par ces mots : « Les créatures me suivent partout; elles m'im-

(1) Cymodocée.

» portunent, par mes yeux elles entrent dans
» mon esprit et portent avec elles l'inquiétude.
» Fermons les yeux, ô mon âme, tenons-nous si
» éloignés de toutes ces choses que nous ne puis-
» sions les voir et en être vus. »

Après ces éjaculations on surprenait le moine
les yeux levés vers le ciel. Il devenait immense;
il s'agrandissait de toute la gloire éternelle. Il y
a des tableaux qui représentent saint François
aux bords de la mer, en face de petits anges réunis
dans des branchages dépouillés.

Le 20 mai 1666 revit Rancé dans les obscurs
chemins du Perche. Ce n'étaient là ni les restes
de la voie Appia, ni de la voie Claudia : Rancé ne
rapportait aucun souvenir de Rome, où tant de
passions se sont formées, d'où tant d'hommes
n'ont point voulu revenir. Les Troyens restèrent
à Albe avec leurs dieux. Rancé n'avait même pas
cueilli, pour la joindre aux fleurs du printemps
qui commençaient à renaître à la Trappe, ces tubé-
reuses murales qui croissent sur l'enceinte ébré-
chée de Rome, où les vents transportent çà et là
leurs échafauds mobiles.

Des divisions s'étaient élevées entre le prieur
et le sous-prieur, le prieur avait rempli les cellules de meubles inutiles : le travail des mains

avait été diminué, les pratiques pieuses altérées;
le vin et le poisson reparaissaient sur les tables.
Rancé, instruit à Rome de ces infractions, s'é-
tait hâté de mander à la Trappe : « Vous savez
» que les actions mortes ne sauraient plaire au
» Dieu de la vie. Gardez le silence autant avec
» vous-mêmes qu'avec les autres; que votre soli-
» tude soit autant dans l'esprit et dans le cœur
» que dans la retraite extérieure de vos person-
» nes; que vos corps sortent de vos lits comme de
» vos tombeaux : au moment où je vous écris nos
» jours s'écoulent. » Les souvenirs d'Horace ne
cessaient de vivre dans l'opulente mémoire de
Rancé : *Dum loquimur fugerit invida ætas.*

Rancé remit la paix dans son monastère par
la séparation de quelques chefs. Il se rendit ensuite au chapitre général de son ordre, qui se
tint en l'année 1667. Un bref du pape de 1666 devait être reçu. Rancé avait connu ce bref à Rome;
Plusieurs abbés, l'abbé de Cîteaux à leur tête,
l'acceptèrent. Rancé prit la parole, tout jeune
qu'il était, et dit qu'il avait droit d'opiner comme
ancien docteur par la date de son doctorat. Il
soutint que le pape Alexandre VII n'avait ni vu
ni connu ce bref. Il demanda acte de sa protes-
tation, qu'appuyèrent les abbés de Prières, de

Faukaumont, de Cadouin et de la Vieuville. L'abbé de Cîteaux s'émut; Rancé tint ferme, vérifia le procès-verbal et obligea le secrétaire à le corriger. L'abbé de Cîteaux, voulant la paix, nomma Rancé visiteur des provinces de Normandie, de Bretagne et d'Anjou. Rancé n'accepta pas la charge, mais le bref de Rome passa. Il supprimait le vicaire-général de la réforme de France, et défendait les assemblées qu'avaient autorisées les arrêts du parlement et du conseil. Rancé à demi repoussé regagna son monastère.

Si les travaux spirituels avaient été interrompus, les constructions matérielles n'avaient pas été suspendues à la Trappe. Les moines étaient eux-mêmes les architectes et les maçons. Des frères convers appendus au haut du clocher étaient ballottés par les vents et rassurés par leur foi. Celui qui plaça le coq sur l'édifice vint avant son entreprise se prosterner aux pieds de Rancé. La religion prit le frère par le bras et il monta ferme. Les travailleurs se mettaient à genoux sur leurs cordes lorsque l'heure des prières venait à tinter. Rancé augmenta le couvent d'un nombre de cellules; il éleva une mense pour la réception des étrangers. On aperçoit dans l'avant-cour du couvent les écussons insultés des armes de France.

Rancé fit bâtir deux chapelles, l'une en l'honneur
de saint Jean Climaque, l'autre en l'honneur de
sainte Marie d'Égypte : j'en ai déjà parlé. Il dé-
posa sur l'autel de l'église les reliques qu'il avait
apportées de Rome, et qui s'enrichirent ensuite
de quelques autres. Dans l'église il remplaça, et il
eut tort, par un beau groupe, cette Vierge de peu
de prix qui, sur la cime des Alpes, rassérène les
lieux battus des tempêtes. Rancé retira le couvent
de la désolation humaine et l'épura par la désolation chrétienne. Ces lieux que les Anglais avaient
fait retentir de leurs pas armés ne répétèrent que
le susurrement de la sandale.

L'abbaye n'avait pas changé de lieu : elle était
encore, comme au temps de la fondation, dans
une vallée. Les collines assemblées autour d'elle
la cachaient au reste de la terre. J'ai cru, en la
voyant, revoir mes bois et mes étangs de Com-
bourg le soir aux clartés allenties du soleil. Le
silence régnait : si l'on entendait du bruit ce n'é-
tait que le son des arbres ou les murmures de
quelques ruisseaux; murmures faibles ou renflés
selon la lenteur ou la rapidité du vent : on n'était
pas bien certain de n'avoir pas ouï la mer. Je n'ai
rencontré qu'à l'Escurial une pareille absence de
vie : les chefs-d'œuvre de Raphaël se regardaient

muets dans les obscures sacristies : à peine en-
tendait-on la voix d'une femme étrangère qui
passait.

Rentré dans son royaume des expiations, Rancé
dressa des constitutions pour ce monde, conve-
nables à ceux qui pleuraient. Dans le discours qui
précède ces constitutions, il dit (1) : « L'abbaye
» est sise dans un vallon fort solitaire ; quiconque
» voudra y demeurer n'y doit apporter que son
» âme : la chair n'a que faire là-dedans. »

On croit lire quelque fragment des *douze tables*,
ou la consigne d'un camp des quarante-deux sta-
tions israélites. On remarque ces prescriptions :
« On se lèvera à deux heures pour matines ; on
» fera l'espace d'entre les coups de la cloche fort
» petit, pour ôter lieu à la paresse. On gardera
» une grande modestie dans l'église, on fera tous
» ensemble les inclinations du corps et les génu-
» flexions. On sera découvert depuis le commen-
» cement de matines jusqu'au premier psaume. »

On ne tournera jamais la tête dans le dortoir
et l'on marchera avec gravité. On n'entrera jamais dans les cellules les uns des autres. On cou-
chera sur une paillasse piquée, qui ait tout au

(1) Constitutions de l'abbaye de la Trappe, Paris, 1674.

plus un demi-pied d'épaisseur. Le traversin sera
de paille longue ; le bois de lit sera fait d'ais sur
des tréteaux. « C'est dans l'obscurité de leurs cel-
» lules, dit M. Charles Nodier dans ses *Méditations*
» *du cloître*, que Rancé cacha ses regrets et que
» cet esprit ingénieux, qui avait deviné à neuf ans
» les beautés d'Anacréon, embrassa à l'âge du
» plaisir des austérités dont notre faiblesse s'é-
» tonne. »

Au réfectoire on sera extrêmement propre ; on
y aura toujours la vue baissée, sans néanmoins
se pencher trop sur ce que l'on mange. Puis viennent sur l'usage du couteau et de la fourchette
des recommandations qui semblent faites pour
des enfants : le vieillard devant Dieu est revenu à
l'innocence des jours puérils.

Aussitôt que la cloche sonne pour le travail
tous les religieux et novices se trouveront au
parloir. On ira au travail assigné avec grande retenue et récollection intérieure, le regardant
comme la première peine du péché.

Aux heures des récréations on bannira les nouvelles du temps. Dans les grandes sorties on
pourra aller en silence avec un livre dans un
endroit du bois hors de la hantise des séculiers.
On tiendra le chapitre des coulpes deux fois la

semaine : avant de s'accuser on se prosternera tous ensemble, et, le supérieur disant : *Quid dicite?* chacun répondra d'un ton assez bas : *Culpas meas.*

A l'infirmerie le malade ne se plaindra jamais : un malade ne doit avoir devant les yeux que l'image de la mort; il ne doit rien tant appréhender que de vivre.

A ces constitutions Rancé ajouta des règlements; ils commencent par ce prolégomène : « Je ne m'acquitterais pas de ce que je dois à Dieu, de ce que je vous dois, mes frères, ni de ce que je me dois à moi-même, si je négligeais dans ma conduite quelque chose de ce qui peut vous rendre dignes de l'éternité. »

Puis arrivent les instructions générales.

« On ne demeurera jamais seul dans aucun lieu dans l'obscurité, » dit Rancé. Et cependant, sans s'en apercevoir, il mettait l'homme seul devant ses passions.

Les observances en ce qui concerne les étrangers sont touchantes : on voyait des avertissements écrits en chaque chambre du quartier des hôtes. S'il est mort quelque parent proche, comme le père, la mère d'un religieux, l'abbé le recommande au chapitre sans le nommer, de manière que chacun s'y intéresse comme pour son propre père, et que la douleur ne cause ni douleur, ni inquiétude, ni distraction à celui des frères qu'elle regarde. La famille naturelle était tuée et l'on y substituait une famille de Dieu. On pleurait son père autant de fois que l'on pleurait le père inconnu d'un compagnon de pénitence.

Il y a des usages pour sonner la cloche selon les heures du jour et les différentes prières. Il y a des règles pour le chant : dans les psaumes, allez rondement jusqu'à la *flexe* ; le *Magnificat* doit s'entonner avec plus de gravité que les psaumes ; quoique aucune pause ne soit commandée dans le cours d'un répons, on en doit faire dans le *Salve Regina :* il faut qu'il y ait un moment de silence dans tout le chœur.

En 1672, on rétablit à la Trappe l'ancienne manière de jeûner le carême, de ne faire qu'un seul repas et de ne manger qu'à quatre heures du soir.

Par ces règlements Rancé avait mis à exécution ses deux grands projets : prière et silence. La prière n'était suspendue que par le travail. On se levait la nuit pour implorer celui qui ne dort point : Rancé voulait que l'âme et le corps eussent une égale occupation.

Quand l'abbé s'apercevait que ses religieux

10

souffraient de douleurs qui ne se décelaient par aucune marque apparente, à ceux-là il s'attachait. Il n'opérait point à l'aide de miracles; il ne faisait point entendre les sourds et les aveugles voir; mais il soulageait les maladies de l'âme et jetait les esprits dans l'étonnement en apaisant les tempêtes invisibles. Variant ses instructions suivant le caractère de chaque cénobite, Rancé s'étudiait à suivre en eux l'attrait du ciel. Un mot de sa bouche leur rendait la paix. Des solitaires qui ne l'avaient jamais connu trouvèrent dans la suite, à sa sépulture, la guérison de leurs peines; la bénédiction du ciel continuait sur sa tombe : Dieu garde les os de ses serviteurs.

L'hospitalité changea de nature; elle devint purement évangélique : on ne demanda plus aux étrangers qui ils étaient ni d'où ils venaient, ils entraient inconnus à l'hospice et en sortaient inconnus, il leur suffisait d'être hommes; l'égalité primitive était remise en honneur Le moine jeûnait tandis que l'hôte était pourvu; il n'y avait de commun entre eux que le silence. Rancé nourrissait par semaine jusqu'à quatre mille cinq cents nécessiteux. Il était persuadé que ses moines n'avaient droit aux revenus du couvent qu'en qualité de pauvres. Il assistait des malades honteux

et des curés indigents. Il avait établi des maisons
de travail et des écoles à Mortagne. Les maux
auxquels il exposait ses moines ne lui paraissaient
que des souffrances naturelles. Il appelait ces souffrances la *pénitence de tous les hommes*. La réforme
fut si profonde que le vallon consacré au repentir
devint une terre d'oubli.

Il résulta de cette éducation des effets que l'on
ne remarque plus que dans l'histoire des Pères
du désert. Un homme s'étant égaré entendit une
cloche sur les huit heures du soir : il marche de
ce côté et arrive à la Trappe. Il était nuit; on lui
accorda l'hospitalité avec la charité ordinaire,
mais on ne lui dit pas un mot : c'était l'heure du
grand silence. Cet étranger, comme dans un château enchanté, était servi par des esprits muets
dont on croyait seulement entendre les évolu-
tions mystérieuses.

Des religieux en se rendant au réfectoire sui-
vaient ceux qui allaient devant eux sans s'embarrasser où ils allaient : même chose pour le travail :
ils ne voyaient que la trace de ceux qui marchaient
les premiers. Un d'entre eux pendant l'année de
son noviciat ne leva pas une seule fois les regards : il ignorait comment était fait le haut de
sa cellule. Un autre reclus fut trois ou quatre

10.

mois sans apercevoir son frère, quoiqu'il lui tombât cent fois sous les yeux. La duchesse de Guise étant venue au couvent, un solitaire s'accusa d'avoir été tenté de regarder l'*évêque* qui était sous lampe. Rancé savait seul qu'il y eût une terre (1).

Ces grands effets ne se bornèrent pas à l'intérieur du couvent; ils s'étendirent partout. Dans la suite, quand la Trappe fut détruite, on en vit mille autres renaître, comme des plantes dont la semence a été soufflée au haut des ruines. J'ai cité dans les notes du *Génie du Christianisme* les lettres de M. Clausel, qui, de soldat de l'armée de Condé, était venu s'enfermer en Espagne à la Trappe de Sainte-Suzanne. Il écrivait à son frère : « J'arrivai un jour dans une campagne déserte » à une porte, seul reste d'une grande ville. Il y » avait eu sûrement dans cette ville des partis, et » voilà que depuis des siècles leurs cendres s'élè- » vent confondues dans un même tourbillon. J'ai » vu aussi Murviédo, où était bâtie Sagonte, et » je n'ai plus songé qu'à l'éternité. Qu'est-ce que » cela me fera dans vingt ou trente ans qu'on » m'ait dépouillé de ma fortune? Ah! mon frère, » puissions-nous avoir le bonheur d'entrer au

(1) Le Nain, t om. 1er, liv. vii, p. 600 et suiv.

» ciel ! S'il me reste quelque chose, je désire qu'on
» fasse bâtir une chapelle dédiée à Notre-Dame des
» Sept Douleurs dans l'arrondissement de la mai-
» son paternelle, selon le projet que nous en fîmes
» sur la route de Munich. Hâtez-vous de faire
» élever des croix pour la consolation des voya-
» geurs avec des siéges et une inscription comme
» en Bavière : *Vous qui êtes fatigués, reposez-vous.*
» J'aurai demain le bonheur de faire mes vœux :
» j'y ajouterai une croix comme on en met sur
» la tombe des morts. »

La chapelle vient d'être bâtie par mon vieil
ami, M. de Clausel, dans les montagnes du Rouer-
gue. Après plus de quarante années, l'amitié a
rempli un vœu. Avant de quitter ce monde ne
verrai-je point cette pieuse sincérité de l'affection fraternelle, moi qui viens d'apprendre la
mort de mon jeune neveu, petit-fils de M. de
Malesherbes, et mort jésuite au pied des Alpes de
Savoie, après avoir été brave officier ? Je tarde tant
à m'en aller que j'ai envoyé devant moi tous ceux
que je devais précéder.

Quand la Trappe fut détruite, un porteur de la
haire de Rancé demanda asile au canton de Fri-
bourg. Les moines quittèrent leur monastère ;
chaque religieux avait dans son sac sa robe et

un peu de pain. La colonie s'arrêta à Saint-Cyr;
elle fut accueillie par l'hospitalité expirante des
Lazaristes, et fut bientôt obligée de s'éloigner. Le
vœu de silence et de pauvreté paraissait une
conspiration à ceux qui faisaient de si horribles
bruits. A Paris, les chartreux, prêts à se séparer,
reçurent les trappistes : les cloîtres de Saint-
Bruno exercèrent leur dernier acte de Charité.
La solitude ambulante continua sa route. La vue
d'une église lointaine sur le passage des frères
les ranimait; ils bénissaient la maison du Seigneur par la récitation des psaumes, comme on
entend, parmi les nuages, des cygnes sauvages
saluer en passant les savanes des Florides. A la
frontière, la charrette qui traînait les bannis au
ciel fut regardée avec compassion par nos soldats.
On ne fouilla point ces mendiants. En entrant
sur le sol étranger, les exilés se donnèrent le
baiser de charité dans une forêt, à une lieue de
l'ancienne abbaye de la Val-Sainte ils coupèrent
une branche d'arbre, en firent une croix et reçurent le curé de Cerniat qui venait à leur rencontre.

A la Val-Sainte, ruine d'un monastère abandonné, ils trouvèrent à peine de quoi se mettre à
l'abri. Dans un temps où les armes, les malheurs

et les crimes faisaient tant de fracas, la renommée des solitaires se répandit au dehors : les rois fuyaient et n'attiraient personne sur leurs traces ; on accourait de toutes parts pour se ranger au nombre des moines réfugiés. La Val-Sainte, grossie de néophytes, fut obligée d'envoyer des colonies au dehors comme une ruche répand autour d'elle ses essaims. Mais la révolution, qui marchait plus vite que la religion fugitive, atteignit les trappistes dans leur nouvelle retraite : obligés de quitter la Val-Sainte, chassés de royaume en royaume par le torrent qui les poursuivait, ils arrivèrent jusqu'à Butschirad, où j'ai rencontré un autre exilé. Enfin le sol leur manquant, ils passèrent en Amérique. C'était un grand spectacle que le monde et la solitude fuyant à la fois devant Bonaparte. Le conquérant, rassuré par ses victoires, sentit la nécessité des maisons religieuses : « Là, disait-il, se pourront réfugier ceux à qui le monde ne convient pas ou qui ne conviennent pas au monde. »

Dom Gustin, trappiste fugitif, racheta les ruines de la Trappe avec des aumônes. Il ne restait plus du monastère que la pharmacie, le moulin et quelques bâtiments d'exploitation. Dans les environs de Bayeux, les trappistines, chassées d'abord de la forêt de Sénart, s'établirent sous la conduite de ma cousine, madame de Chateaubriand. Les enfants de Rancé ne trouvèrent en rentrant dans la solitude de leur père que des murailles recouvertes de lierre, et des débris à travers lesquels serpentaient les ronces. Telle fut dès son début la vigueur de l'arbre que Rancé avait planté, qu'il continue de vivre; il donnera de l'ombre aux pauvres quand il n'y aura plus d'ombre de trônes ici-bas. J'ai vu à la Trappe un ormeau du temps de Rancé : les religieux ont grand soin de ce vieux Lare qui indique les cendres paternelles mieux que la statue de Charles II n'indique l'immolation de Charles Ier.

Les moines dont je viens de tracer l'histoire avaient été les enfants de Rancé. Lorsqu'il arriva à la Trappe, un de ses premiers soins fut de faire abattre une fuie, cellules de colombes, qui se trouvait placée au milieu de la cour, soit qu'il voulût abolir jusqu'au souvenir des temps d'une abstinence moins rigoureuse, soit qu'il craignît ces oiseaux que la Fable plaçait parmi ses plus beaux ornements et dont les ailes portaient des messages le long des rivages de l'Orient. Un trappiste se confessait d'avoir regardé un nid : se reprochait-il d'avoir pensé à un nid ou à des ailes?

M. de Rancé fit détourner un grand chemin qui
passait contre les murs de l'abbaye, le bruit de
ce chemin renouvelé descend encore aujourd'hui
au fond de la vallée. Tout chef qu'il était, Rancé
ne s'accorda aucune des préférences de ses devan-
ciers, il se contentait de la pitance commune;
privé comme ses moines de l'usage du linge, il
prêchait et confessait ses frères; ses seules dis-
tractions étaient les paroles qu'il recueillait sur
le lit de cendres. Il fortifiait ses pénitents plutôt
qu'il ne les attendrissait. Il n'était question dans
ses discours que de l'échelle de saint Jean Climaque, des ascétiques de saint Basile et des conférences de Cassien.

Les cinq ou six premières années de la retraite
de Rancé se passèrent obscurément : les ouvriers
travaillaient sous terre aux fondements de l'édifice. Rancé recevait sans distinction tous les religieux qui se présentaient. Le premier qui parut
fut, en 1667, dom Rigobert, moine de Clairvaux;
ensuite dom Jacques et le P. Le Nain. Ces récep-
tions commencèrent à faire des ennemis à Rancé.
Cela nous paraît bien peu grave, à nous qui n'at-
tachons de prix qu'aux guenilles de notre vie,
mais alors c'étaient des affaires : Rome surve-
nait, le grand conseil du roi s'en mêlait. Obligé

d'entrer dans ces transactions générales, Rancé était forcé de survenir dans les accidents domestiques : il administrait ses premiers solitaires, qui mouraient d'abord presque tous. Dom Placide était étendu sur sa dernière couche, Rancé lui demanda où il voulait aller? — « Au-devant des bienheureux, » répondit-il.

Dom Bernard fut administré. A peine eut-il reçu le corps de Notre-Seigneur qu'il eut un pressant besoin de cracher : il se retint, et mourut étouffé par le pain des anges.

Claude Cordon, docteur de Sorbonne, reçut en arrivant le nom d'Arsène, nom devenu fameux dans les nouvelles légendes. Arsène, après sa mort, apparut dans une gloire à dom Paul Ferrand et lui dit : « Si vous saviez ce que c'est que de converser avec les saints! » Puis il disparut.

L'abbaye de Dorval se voulut réformer. L'abbé de Dorval convint d'une entrevue avec Rancé : Rancé partit; il rencontra l'abbé de Dorval à Châtillon, lieu triste où les espérances ne se réalisent pas. De là il se rendit à Commercy, où il revit le cardinal de Retz; il le détourna de la pensée apparente qu'il avait de se renfermer à la Trappe : « Le saint homme, dit Le Nain, eut de bonnes raisons pour ne pas le lui conseiller. »

M. Dumont, auteur de l'histoire de la ville de
Commercy, a bien voulu m'envoyer une lettre de
Rancé au cardinal de Retz. « Si Votre Éminence,
» dit l'abbé de la Trappe, croyait qu'il n'y eût
» personne dans le monde dont mon cœur fût
» plus occupé que d'elle, elle ne me ferait pas jus-
» tice. » Voilà où la déférence pour les rangs peut
conduire la piété même. Après sa sortie, Rancé
se hâta de se replier et de rappeler du monde sa
patrouille. Revenu à la Trappe, il admit à profession frère Pacôme : celui-ci n'ouvrit jamais un
livre, mais il excellait dans l'humilité. Chargé du
soin des pauvres, il n'entrait dans le lieu où il
mettait le pain qu'après s'être déchaussé, comme
Moïse pour entrer dans la terre promise. Pacôme
attira à lui un de ses frères ; ils vécurent sous le
même toit sans se donner la moindre marque
qu'ils se fussent jamais connus.

Rancé avait envoyé un religieux à Septfonts :
ce religieux se gâta. « Je me suis mécompté,
» écrivait Rancé au visiteur, j'en ferai pénitence
» toute ma vie. »

La plupart des repentants du seizième siècle
et du commencement du dix-septième avaient été
des bandits ; ils ne se transformèrent pas, comme
les massacreurs de septembre, en marchands de

pommes cuites, et ne vendaient point de leurs mains souillées de meurtres des fruits aux petits enfants. Ces meurtriers étaient des déserteurs des armées du temps, des *Routiers*, des *Condottieri*, des *Ruffiens*. Somme toute, des capitaines, tels que Montluc et le baron des Adrets, qui faisaient sauter des prisonniers du haut des remparts, instruisaient leurs fils à se laver les bras dans le sang, accrochaient leurs prisonniers aux arbres, valaient-ils mieux que leurs soldats? Les illustres égorgeurs qui se retirèrent à Port-Royal et à la Trappe n'étaient-ils pas les dignes appelés à la retraite vengeresse qui les devait dévorer? Un monde si plein de crimes se remplit de pénitents comme au temps de la Thébaïde,

Depuis la réforme jusqu'à la mort de Rancé on compte cent quatre-vingt-dix-sept religieux et quarante-neuf frères, parmi lesquels sont plusieurs de qui Rancé a écrit la vie et qui peuvent figurer dans les romans du ciel. On voit leurs noms dans l'*Histoire de l'abbaye de la Trappe*, excellent recueil où tout se trouve rapporté avec une minutieuse exactitude. Je le recommande d'autant plus que j'y ai remarqué quelques paroles d'humeur contre moi; cependant je croyais ne les avoir pas méritées.

A Port-Royal, même affluence d'hommes du monde; mais à Port-Royal il y avait des femmes et des savants; Palluc *coulant le temps*, médecin qui devint celui des solitaires, fit bâtir, nous dit Fontaine, « un petit logis, appelé le Petit-Pallue à cause de la petitesse *bien juste et bien ramassée* de ses appartements. » Vint ensuite Gentien-Thomas suivi de ses enfants. On vit accourir M. de La Rivière, officier, qui apprit la langue grecque et la langue hébraïque et se fit gardien des bois.

A la Trappe arrive Pierre ou François Fore : sous-lieutenant dans un corps de grenadiers, blessé dans plusieurs rencontres, plongé dans toutes sortes de vices, poursuivi par dix ou douze décrets de prise de corps, il était incertain s'il fuirait en Angleterre, en Allemagne, en Hongrie, ou s'il ne prendrait pas le turban; il entendit parler de la Trappe. En quelques jours, il franchit deux cents lieues; il arrive à la fin de l'hiver par des routes défoncées et d'affreuses pluies; il frappe à la porte : son œil était hagard, son expression hautaine et dure, son sourcil fier, sa contenance militaire et farouche. Rancé le reçut. Des ulcères se formèrent dans la poitrine de Fore; il vomit le sang sur la cendre et il expira.

A Port-Royal on voit un M. de La Pétissière,

brave parmi les braves; le cardinal de Richelieu se reposait sur lui de sa sûreté : c'était un lion plutôt qu'un homme. *Le feu lui sortait par les yeux et son seul regard effrayait ceux qui le regardaient.* Dieu se servit d'un malheur pour toucher d'une crainte salutaire son âme féroce et incapable de toute autre peur. Comme il avait une querelle avec un parent du cardinal, il eut plus de huit jours un cheval toujours sellé et prêt à monter pour aller se battre contre celui dont il croyait avoir été offensé. La fureur qui le transportait était telle qu'encore qu'il fût le plus habile et le plus adroit du royaume, il reçut, après avoir blessé à mort son ennemi, un coup d'épée dans le bras, entre les deux os; la pointe demeura enfoncée sans qu'il pût jamais la retirer. Il se sauva en cet état à travers champs, portant dans son bras le bout de l'épée rompue. Il alla trouver un maréchal, qui eut besoin pour la retirer de se servir des grosses tenailles de sa forge.

A la Trappe passe Forbin de Janson, obligé de quitter la France pour avoir tué son adversaire en duel : il obtint ensuite sa grâce. Il se trouva à Marsaille, sous Catinat, reçut une blessure, fit vœu de se faire religieux et reçut l'habit des frères de la Trappe. Il fut envoyé au monastère de

Buon-Solazzo (Bonne-Consolation), et fonda une maison de trappistes sur les charmantes collines de la Toscane. Joseph Bernier, moine qui restait de l'ancienne Trappe, passa, à l'arrivée de Rancé, dans l'étroite observance; il demanda en expirant que son corps fût jeté à la voirie : cynisme de la religion où se montre le cas que les chrétiens faisaient de la matière. Ces rigueurs se rattachent à un ordre de philosophie que notre esprit n'est pas plus capable de comprendre que nos mœurs de supporter. Timée, dans Diogène-Laërce, raconte que les Pythagoriciens mettaient leurs biens en commun, appelaient l'amitié égalité, ne mangeaient point de viande, étaient cinq ans sans parler, et rejetaient par humilité les cercueils de cyprès, parce que le sceptre de Jupiter était fait de ce bois.

Ces pêcheurs de la Trappe et de Port-Royal se trouvèrent confondus avec des non-savants de toute nature. A Port-Royal était le jeune Lindo, d'une bonté et d'une ouverture de cœur à l'égard de tout le monde qui ne se peut concevoir. « Je » sentais pour lui, écrit l'ingénu Fontaine, une » tendresse particulière; il était fort simple, et je » l'étais aussi. »

De même parut à la Trappe frère Benoît, gen-

tilhomme plein d'esprit, qui avait passé ses premiers jours à ne point penser. Rancé, qui tirait
parti de l'innocence comme du repentir, a écrit
sa vie, de même qu'un jardinier fait une petite
croix sur des paquets de graines pour étiqueter
un parfum.

M. de Sainte-Beuve a extrait avec la patience
du goût les passages de Port-Royal, que je viens
de citer ; il ajoute : « C'est le côté par lequel Port-
» Royal touche à la Trappe et à M. de Rancé,
» quand, sous les autres aspects, il paraît toucher
» plus près aux bénédictins de Saint-Maur et à
» Mabillon ; quand, par M. d'Andilly, il reste un
» peu à portée de la cour et presque figurant de
» loin ces riantes et romanesques retraites, ima-
» ginées en idée par mademoiselle de Montpen-
» sier, par madame de Motteville ou même par
» mademoiselle de Scudéri. »

La Trappe n'était pas riante ; ses sites étaient
désolés, et l'âpreté de ses mœurs se répétait dans
l'âpreté du paysage. Mais la Trappe resta ortho-
doxe, et Port-Royal fut envahi par la liberté de
l'esprit humain. Le terrible Pascal, hanté par son
esprit géométrique, doutait sans cesse : il ne se
tira de son malheur qu'en se précipitant dans la
foi. Malgré le silence que la Trappe gardait, il

fut question de la détruire, tant le monde était effrayé d'elle; elle n'échappa à sa ruine que par l'habileté de Rancé : Port-Royal fut moins heureux.

Parti de Paris dans la nuit du 27 octobre 1709, d'Argenson investit Port-Royal-des-Champs avec trois cents hommes; c'était trop pour enlever vingt-deux religieuses âgées et infirmes. Elles furent dispersées en différents lieux; et l'on refusa quelquefois la sépulture à ces brebis, esseulées du troupeau de la mère Angélique.

Enfin l'ordre de la démolition du couvent arriva le 25 janvier 1710, dix ans après la mort de Rancé. Cet ordre *fut exécuté avec fureur*, selon Duclos. Les cadavres étaient déterrés au bruit de ricaneries obscènes, tandis que dans l'église les chiens se repaissaient de chair décomposée. Les pierres tumulaires furent enlevées; on a trouvé à Magny celle d'Arnauld d'Andilly. La maison de M. de Sainte-Marthe devint une grange; les bestiaux paissent sur l'emplacement de l'église de Port-Royal-des-Champs : « La clématite, le » lierre et la ronce, dit un voyageur, croissent sur » cette masure, et un marsaule élève sa tige au » milieu de l'endroit où était le chœur. Le silence » est à peine interrompu par le gémissement du

11

» ramier solitaire. Ici Sacy venait répéter à Dieu
» la prière qu'il avait empruntée de Fulgence; là
» Nicole invita Arnauld à déposer la plume; dans
» cette allée écartée j'aperçois Pascal qui déve-
» loppe une nouvelle preuve de la divinité du
» christianisme; plus loin, avec Tillemont et Lan-
» celot se promènent Racine, La Bruyère, Des-
» préaux qui sont venus visiter leurs amis. Échos
» de ces déserts, arbres antiques, que n'avez-vous
» pu conserver les entretiens de ces hommes cé-
» lèbres! »

Et quel est le chrétien persuadé, le génie poé-
tique qui s'adresse à ces illustres disparus, comme
jadis à Sparte j'appelai en vain Léonidas? C'est
l'ancien évêque de Blois, approbateur de la mort
et quasi juge dans le procès de Louis XVI.

Louis-le-Grand, vous avez enseigné à votre
peuple les exhumations; accoutumé à vous obéir,
il a suivi vos exemples : au moment même où la
tête de Marie-Antoinette tombait sur la place ré-
volutionnaire, on brisait à Saint-Denis les cercueils : au bord d'un caveau ouvert, Louis XIV
tout noir, que l'on reconnaissait à ses grands
traits, attendait sa dernière destruction; repré-
sailles de la justice éternelle! « Eh bien, peuple
» royal de fantômes, » je me cite (je ne suis plus

que le temps), « voudriez-vous revivre au prix
» d'une couronne? Le trône vous tente-t-il encore?
» Vous secouez vos têtes, et vous vous recouchez
» lentement dans vos cercueils. »

Rancé avait transporté avec lui au désert le
passé et y attira le présent et l'avenir. Le siècle
de Louis XIV ne négligeait aucune grandeur; il
s'associait aux victoires d'un reclus c mme aux
victoires d'un capitaine : Rocroi pour ce siècle
était partout. Les querelles du jansénisme, les
mysticités du quiétisme occupaient la ville et la
cour depuis Bossuet et Fénélon jusqu'à mesdames de Maintenon et de Longueville, depuis le
cardinal de Noailles jusqu'aux maréchaux amis
et ennemis de Port-Royal, depuis les adversaires
du protestantisme jusqu'aux esprits entêtés de
l'hérésie. Par Rancé, le siècle de Louis XIV entra dans la solitude et la solitude s'établit au sein
du monde.

Dans ces premières années de la retraite de
Rancé, on entendit peu parler du monastère,
mais petit à petit sa renommée se répandit. On
s'aperçut qu'il venait des parfums d'une terre
inconnue ; on se tournait, pour les respirer, vers
les régions de cette Arabie heureuse. Attiré par
les effluences célestes, on en remonta le cours :

11.

l'île de Cuba se décèle par l'odeur des vanilliers sur la côte des Florides. « Nous étions, dit Leguat, en présence de l'île d'Eden : l'air était rempli d'une odeur charmante qui venait de l'île et s'exhalait des citronniers et des orangers (1). »

(1) Voyage et aventures de François Leguat, p. 48, tom. Ier.

LIVRE QUATRIÈME.

Les calomnies publiées contre le monastère de la Trappe par les libertins qui se moquaient des austérités, et par les jaloux qui sentaient naître une autre immortalité pour Rancé, commençaient à s'accroître : on avait sans cesse devant les yeux les premières erreurs du solitaire, on s'obstinait à ne voir dans sa conversion que des motifs de vanité. Ses plus grands amis, l'abbé de Prières, visiteur de l'ordre, était lui-même épouvanté des réformes de la Trappe ; il écrivait à l'abbé : « Vous aurez beaucoup d'admirateurs, mais peu d'imitateurs. »

Maubuisson, abbaye près de Pontoise, avait été bâtie par la reine Blanche et l'on y voyait son tombeau : Rancé écrivit à la supérieure découragée de cette abbaye. Il écrivait à une autre femme, car tous les souffrants consultaient ce savant médecin qui avait essayé les remèdes sur lui même : « Si l'ennui vous attaque, pensez que Jésus-Christ vous attend ; toute votre course et sa durée ne vous paraîtront qu'une vapeur dans ce point auquel il faudra qu'elle finisse. »

Le 7 septembre 1672 Rancé présenta une requête au roi en faveur de la réforme; il commence par dire que les anciens solitaires, dont il ne mérite de porter ni le nom ni l'habit, n'ont point fait difficulté de sortir du fond de leurs déserts pour le service de Dieu; qu'à leur exemple il croirait manquer au plus saint de ses devoirs s'il se taisait; que malheureusement il ne va parler que pour se plaindre, et que celui qui lui ouvre la bouche, n'a mis sur ses lèvres que des paroles de douleur. De là passant à son sujet, il parle de l'ordre de Cîteaux prêt à retomber dans les périls dont il est échappé, par le défaut de protection refusée à l'étroite observance établie par Louis XIII. Pendant que les solitaires ont vécu dans la perfection ils ont été considérés comme les anges tutélaires des monarchies; ils ont soutenu, par le pouvoir qu'ils avaient auprès de Dieu, la fortune de l'empire : une sainte recluse avait connu en esprit ce qui se passait à la journée de Lépante. « Votre Majesté, ajoute Rancé, ne sera point surprise qu'étant obligé par le devoir de ma profession de me présenter à tous les instants au pied des autels du Roi du ciel, j'aborde une fois dans ma vie le trône du roi de la terre. »

La cour de Rome, qu'avaient en vue les réformes trop austères de la Trappe, s'opposait aux exagérations de ses serviteurs; Rancé annonçait son habileté en réveillant la passion du pouvoir dans le cœur de Louis XIV.

Dans tous les bruits répandus, les uns dénonçaient Rancé pour sa doctrine, prétendant qu'elle n'était pas pure; les autres le taxaient d'hypocrisie, les autres lui reprochaient d'introduire dans l'ordre des voies nouvelles. Le roi, vers la fin d'octobre 1673, lui accorda pour juger la question, les commissaires qu'il avait demandés, l'archevêque de Paris, le doyen de Notre-Dame, MM. de Caumartin, de Fieubet, de Voisin et de La Marquerie.

Ses adversaires faisaient en même temps des démarches à Rome contre lui. « Pour un moine, disait Rancé, il n'y a pas de réputation qui lui soit due, il n'est que pour être homme d'opprobre et d'abjection. »

On popularisait ces sentiments hostiles en les répandant dans des vers qui ne valaient pas ceux de notre grand chansonnier, mais qui marquaient déjà la trace par où la France devait arriver à une immortalité qui n'appartient qu'à elle. On

trouve cette allure qui nous a amenés des chan-
teurs de François Ier à Béranger :

> Je suis revenu de la Trappe,
> Cette maudite trappe à fou ;
> Et si jamais le diable m'y attrape,
> Je veux qu'on me casse le cou.
> Ce maudit trou n'est qu'une trappe,
> Ce maudit trou
> N'est qu'une trappe à fou.

Les commissaires nommés par le cabinet s'é-
tant assemblés, Rancé fut mandé à Paris en 1675.
Ils avaient tout réglé selon les intentions du serviteur de Dieu ; mais un abbé de la commune observance déclara que si l'on suivait les avis des
commissaires, les abbés étrangers ne viendraient
pas au chapitre général de Cîteaux. Le roi s'arrêta : tout se tenait alors, un mouvement dans
le clergé pouvait entraîner un dérangement dans
les affaires. Louis XIV le savait, et rien n'était si
prudent que ce roi absolu élevé aux incartades de
la Fronde.

Rancé purgea sa bibliothèque ; il répondit à
l'évêque de Pamiers et à M. Deslions qui, dans le
dessein de le décourager, lui disaient qu'il était
encore loin des austérités des premiers chrétiens :
« Il est vrai que le pain de tourbe dont vous me
parliez, était fort en usage parmi les moines. »

En 1676, il contracta une maladie habituelle avec laquelle il mourut, mais qui ne l'empêcha pas de travailler. Après avoir passé trois mois à l'infirmerie, il revint à la communauté. Ainsi s'écoula sa vie jusqu'en 1689, qu'il fut saisi d'une grosse fièvre. Aussitôt que le mal lui laissait quelque relâche, il reprenait ses occupations suivies de rechutes : « La vie d'un pêcheur comme moi dure toujours trop, » disait-il.

Mademoiselle, grand hurluberlu qui se trouvait partout avec son imagination, écrivit à Rancé et lui demanda quelques religieux. Il lui répondit : « Je suis fort persuadé, mademoiselle, que » votre altesse royale ne doute point que je » n'eusse une extrême joie de pouvoir lui nom- » mer un religieux tel qu'elle le désire, mais j'en » ai perdu huit depuis un an qui sont allés à Dieu. » Il y en a d'autres qui sont près de les suivre ; » et quoique nous soyons encore un nombre » considérable, nous ne vivons plus ni les uns » ni les autres que dans la vue et le désir de la » mort. »

A cette époque mourut un religieux qui n'avait pas plus de vingt-trois ans, et qui, dans son attirail de décédé, dit à Rancé : « J'ai bien de la joie » de me voir dans l'habit de mon départ. » Il souriait lorsqu'il allait mourir, comme les anciens Barbares. On croyait entendre cet oiseau sans nom qui console le voyageur dans le vallon de Cachemir.

C'est sur ce fond de la Trappe que venaient se jouer les scènes extérieures. Les silhouettes du monde se dessinaient autour des ombres, le long des étangs et dans les futaies. Le contraste était plus frappant qu'à Port-Royal, car on n'apercevait pas M. d'Andilly marchant une serpe à la main, le long des espaliers, mais quelque vieux moine courbé allant une bêche sur l'épaule, creuser une fosse dans le cimetière. C'étaient ces scènes de bergeries que l'on voit dans les tableaux des grands peintres.

Une des premières personnes du monde avec laquelle Rancé eut des rapports fut mademoiselle d'Alençon, autrement madame de Guise, fille de Gaston et cousine germaine de Louis XIV. Mademoiselle d'Alençon, bossue, épousa le dernier duc de Guise, dont elle eut un fils qui mourut vite. « Le mérite, dit Mademoiselle dans » ses Mémoires, qu'avaient autrefois en France » les Lorrains du temps du Balafré et de tous » ces illustres messieurs de Guise, n'avait pas

» continué dans tout ce qui était resté du même
» nom. »

Le duc de Guise, mari de mademoiselle d'Alençon, n'avait qu'un pliant devant sa femme : il ne
mangeait qu'au bout de la table, encore fallait-il
qu'on lui eût permis de s'asseoir.

M. Boistard, capitaine employé à Saint-Cyr, a
bien voulu me communiquer un recueil manuscrit contenant vingt-sept lettres de l'abbé de
Rancé à madame de Guise. La lettre écrite du
3 mars 1692 parle de la mort d'un solitaire de
la Trappe. Ces lettres parlent aussi de Jacques II :
« On est inexorable, dit Rancé, pour ceux qui
» n'ont pas la fortune de leur côté. » Rancé affirme,
dans la lettre du 7 septembre 1693, « que le pro-
» pre d'un chrétien est d'être sans souvenir, sans
» mémoire et sans ressentiment. » Quand on a,
un siècle plus tard, vu passer 1793, il est difficile
d'être sans souvenir.

Louis XIV avait de l'affection pour madame de
Guise, bien qu'il s'emportât contre elle lorsqu'elle
s'enfuit à la Trappe sur le bruit que le prince
d'Orange allait descendre en France. Quand elle
allait à l'abbaye, elle y passait plusieurs jours.
Madame de Guise mourut à Versailles le 17 mars
1696; elle avait vendu à Louis XIV le palais d'Or-

léans, aujourd'hui le palais du Luxembourg. Elle fut enterrée non à Saint-Denis, mais aux Carmélites. L'oraison funèbre de madame de Guise fut prononcée à Alençon, par le P. Dorothée, capucin : c'est toute la pompe que la religion livrée à elle seule, accordait aux grands.

Immédiatement avec madame de Guise, parut à la Trappe le duc de Saint-Simon. Il faudrait presque révoquer en doute ce qu'il raconte de la manière dont il parvint à faire croquer par Rigaut le portrait de Rancé, si Maupeou n'avait rapporté les mêmes détails. Le père de Saint-Simon tenait son titre de Louis XIII ; il avait acheté une terre voisine de la Trappe ; il menait souvent son fils à l'abbaye. Saint-Simon serait très-croyable dans ce qu'il rapporte, s'il pouvait s'occuper d'autre chose que de lui. A force de vanter son nom, de déprécier celui des autres, on serait tenté de croire qu'il avait des doutes sur sa race. Il semble n'abaisser ses voisins que pour se mettre en sûreté. Louis XIV l'accusait de ne songer qu'à démolir les rangs, qu'à se constituer le grand-maître des généalogies. Il attaquait le parlement, et le parlement rappela à Saint-Simon qu'il avait vu commencer sa noblesse. C'est un caquetage éternel de tabourets dans les Mémoires de Saint-Simon.

Dans ce caquetage viendraient se perdre les qualités incorrectes du style de l'auteur, mais heureusement il avait un tour à lui; il écrivait à la diable pour l'immortalité.

Le duc de Penthièvre parut plus tard à la Trappe : Saint-Simon ne se put guérir de l'âcreté de son humeur dans une solitude où le petit-fils du comte de Toulouse perfectionna sa vertu : le fiel et le miel se composent quelquefois sous les mêmes arbres. Pieux et mélancolique, le duc de Penthièvre fit augmenter, s'il ne bâtit pas entièrement, l'abbatiale où il aimait à se retirer, en prévision du martyre de sa fille. La princesse de Lamballe, enfant, venait s'amuser à la maison-Dieu; elle fut massacrée après la dévastation du monastère. Sa vie s'envola comme ce passereau d'une barque du Rhône, qui, blessé à mort, fait pencher en se débattant l'esquif trop chargé.

Pellisson fréquentait la Trappe. Il s'était flatté de faire consentir le roi à certain arrangement. Rancé insistait pour que sa communauté eût le droit de choisir un prieur. « Je ne doute pas, » mandait-il à Pellisson, que vous ne voyiez mieux » que moi tout ce que je ne vous dis pas sur cette » matière, parce que vos connaissances sont plus

» étendues, et vont beaucoup plus loin que les
» miennes. »

Pellisson abjura le protestantisme en 1670, à
Chartres, entre les mains de l'évêque de Comminges, et s'attacha ensuite à Bossuet. Pellisson
est célèbre pour avoir élevé une araignée : il demeura ferme dans le procès de Fouquet, si bien
débrouillé par M. Monmerqué. Il écrivit, en défense de son ancien patron, trois mémoires sur
lesquels on pourrait encore jeter les yeux avec
fruit. Louis XIV le ménagea; il s'aperçut que la
conquête lui ferait honneur et ne serait pas difficile; mais, comme l'ancien commis des finances
mourut sans confession, on le soupçonna toujours. Rancé le défendit toujours : la célébrité
adoucissait sa foi. Rancé avait peut-être vu Pellisson chez le cardinal de Richelieu lors de la
création de l'Académie. Pellisson avait aimé mademoiselle de Scudéry; il n'était pas beau, elle
ne perdit point sa bonne réputation.

Bossuet, camarade de collége de Rancé, visita
son condisciple, il se leva sur la Trappe comme le
soleil sur une forêt sauvage. L'aigle de Meaux se
transporta huit fois à cette aire. Ces différents vols
vont toucher à des faits dont la mémoire est restée.
En 1682 Louis XIV s'établit à Versailles. En 1685

Bossuet composa à la Trappe l'avertissement du Catéchisme de Meaux. En 1686 l'orateur mit fin à ses Oraisons funèbres par le chef-d'œuvre qu'il prononça devant le cercueil du grand Condé. En 1696 s'en alla à Dieu Sobieski, ancien mousquetaire de Louis-le-Grand. Sobieski entra dans Vienne par la brèche qu'avait ouverte le canon des Turcs. Les Polonais sauvèrent l'Europe, qui laisse exterminer aujourd'hui la Pologne. L'histoire n'est pas plus reconnaissante que les hommes.

La Trappe était le lieu où Bossuet se plaisait le mieux : les hommes éclatants ont un penchant pour les lieux obscurs. Devenu familier avec le chemin du Perche, Bossuet écrivait à une religieuse malade : « J'espère bien vous rendre à mon » retour de la Trappe une plus longue visite, » paroles qui n'ont d'autre mérite que d'être jetées à la poste en passant et d'être signées : *Bossuet*.

Bossuet trouvait un charme dans la manière dont les compagnons de Rancé célébraient l'office divin : « Le chant des Psaumes, dit l'abbé Ledieu, » qui venait seul troubler le silence de cette vaste » solitude, les longues pauses de Complies, le son » doux, tendre et perçant du *Salve Regina*, inspi- » raient au prélat une sorte de mélancolie réli- » gieuse. » A la Trappe il me semblait en effet, pendant ces silences, ouïr passer le monde avec le souffle du vent. Je me rappelais ces garnisons perdues aux extrémités du monde et qui font entendre aux échos des airs inconnus, comme pour attirer la patrie : ces garnisons meurent, et le bruit finit.

Bossuet assistait aux offices du jour et de la nuit. Avant Vêpres, l'évêque et le réformateur prenaient l'air. On m'a montré près de la *grotte de Saint-Bernard* une chaussée embarrassée de broussailles qui séparait autrefois deux étangs. J'ai osé profaner, avec les pas qui me servirent à rêver René, la digue où Bossuet et Rancé s'entretenaient des choses divines. Sur la levée dépouillée, je croyais voir se dessiner les ombres jumelles du plus grand des orateurs et du premier des nouveaux solitaires.

Bossuet reçut le viatique le lundi saint de l'année 1704 : il y avait quatre ans que Rancé n'existait plus. Bossuet se plaignait d'être importuné de sa mémoire; sa garde lui soutenait la tête : « Cela serait bon, disait-il, si ma tête pouvait se » tenir. » Dans un de ces moments, l'abbé Ledieu lui prononça le mot de gloire; Bossuet reprit : « Cessez ces discours; demandez pour moi par-» don à Dieu. »

Le 12 avril 1704, les pieds et les mains du moribond s'engourdirent. Un peu avant quatre heures et demie du matin il expira : c'était l'heure où son ami Rancé priait aux approches du jour. L'aigle qui s'était en passant reposé un moment dans ce monde reprit son vol vers l'aire sublime dont il ne devait plus descendre : il n'est resté de ce sublime génie qu'une pierre.

Rancé eut d'abord la pensée de se démettre de son abbaye; il consulta Bossuet au mois de décembre 1682. Bossuet lui répondit d'attendre. Dans cette année le père d'un jeune mousquetaire réfugié à la Trappe, se plaignit de la captation dont on avait usé envers son fils, il ne reçut de l'abbé que ces mots : « Vous le quitterez » bientôt. »

En ce temps-là mourut l'abbé de Prières. J'en ai souvent parlé. Il fit écrire à Rancé par un prêtre : « L'abbé de Prières m'ordonna dans les » derniers moments de sa vie de vous donner » avis de sa mort en vous témoignant l'estime » qu'il a conservée pour vous jusqu'au dernier » soupir. »

Ces honnêtes gens se léguaient leur estime.

De toutes les accusations portées contre Rancé aucune ne s'appuyait sur une apparence de vérité,

12

excepté celle de jansénisme. On a une lettre de lui, adressée en 1676 à M. de Brancas, elle s'exprime ainsi :

« Je vous dis, en parlant de M. Arnauld et de
» ces messieurs, que le pape était content d'eux,
» et qu'il avait reçu leurs signatures en la ma-
» nière qu'ils l'avaient donnée ; vous me répon-
» dites ce que déjà des personnes de piété m'a-
» vaient donné comme une chose constante qu'ils
» l'avaient surpris et que le pape avait fait comme
» ceux qui mettent la main devant leurs yeux, et
» font semblant de ne pas voir. Cependant, mon-
» sieur, il m'est tombé entre les mains, depuis
» quelques jours, l'arrêt qui a été donné contre
» M. l'évêque d'Angers, qui porte expressément
» que le pape, avec beaucoup de prudence, a
» voulu recevoir la signature de quelques parti-
» culiers avec une explication plus étendue pour
» les mettre à couvert de leurs scrupules et des
» peines portées par les constitutions. Tellement,
» monsieur, que non seulement il n'a pas fait
» semblant de ne pas voir qu'ils aient signé avec
» explication, mais même il l'a prouvé et s'en est
» contenté. Je suis bien heureux, monsieur, de
» n'avoir jugé personne. Où en serais-je réduit si
» j'avais condamné des gens que le pape reçoit

» dans le fait même pour lequel je les aurais con-
» damnés? Et à quelle réparation ne serais-je
» point tenu si j'avais porté un jugement contre
» eux, et que j'eusse donné à d'autres de faire la
» même chose sur mon témoignage! car, dans le
» fond, j'aurais, contre le respect que je dois au
» pape et contre ses intentions, condamné ceux
» qu'il justifie, et considéré comme personnes
» qui sont dans l'erreur et dans la désobéissance
» celles dont il est satisfait et qu'il reçoit dans
» son sein et dans sa communion et par une con-
» duite pleine de charité et de sagesse. Je vous
» assure, monsieur, qu'il ne m'arrivera pas de
» juger, et que je serai plus religieux que jamais
» dans les résolutions que j'ai prises sur ce sujet-
» là. Je vous parle sans passion et dans un dés-
» intéressement entier de tous les partis (car je
» n'en ai aucun et je suis incapable d'en avoir
» que celui de l'Église); mais dans la créance
» que c'est Jésus-Christ qui me met au cœur ce
» que je vous vas dire.

» Il est impossible que Dieu demande compte
» ni à vous ni à moi de ce que nous nous serons
» abstenus de juger, n'ayant pour cela ni carac-
» tère ni obligation; mais il se peut très-bien faire
» qu'une conduite opposée chargerait nos con-

12.

» sciences, quelque bonnes que soient nos inten-
» tions, si ceux qui ont autorité ou qui ont obli-
» gation de juger se mécomptent pour y avoir
» apporté toute l'application, les soins et la dili-
» gence nécessaires. Ils peuvent espérer que Dieu,
» qui connaît le fond de leurs cœurs, leur fera
» miséricorde; mais pour ceux qui s'avancent et
» qui n'ont point de mission, si ce malheur leur
» arrive, ils ne peuvent attendre qu'une punition
» rigoureuse; car, dès le moment qu'ils se sont
» ingérés et ont usurpé un droit qui ne leur
» appartenait point, ils ont mérité que Dieu les
» abandonne à leurs propres ténèbres. Je vous
» assure, monsieur, soit que je pense que Jésus-
» Christ nous a déclaré qu'il châtierait d'un sup-
» plice éternel celui qui dirait à son frère une
» légère injure, ou que je me regarde comme
» étant sur le point d'être jugé moi même, il n'y
» a rien dont je sois plus éloigné que de juger les
» autres.

» Voilà quelle doit être la disposition de tout
» homme qui ne sera point prévenu, qui regar-
» dera les choses dans leur vérité sans intérêt et
» sans passion; mais le mal est que nous croyons
» n'en pas avoir, parce que nous n'en avons point
» de propre et de particulière. Cependant nous

» sommes souvent engagés dans celles des au-
» tres sans nous en apercevoir. Pour moi, je suis
» persuadé qu'en de telles manières, la voie la
» plus sûre est de demeurer dans la soumission
» et dans le silence. C'est le moyen de m'attirer
» tous les partis et de ne plaire à personne? mais,
» pourvu que je plaise à Dieu et que je me tienne
» dans son ordre, je ne me mets point en peine
» de quelle manière les hommes expliqueront ma
» conduite. Véritablement je ne suis plus de ce
» monde, et je ne suis pas assez malheureux
» pour y rentrer après l'avoir quitté par le dessein
» que j'aurais de le contenter contre mon devoir
» et les mouvements de ma conscience. Vous
» connaîtrez sans doute, monsieur, qu'il est si
» difficile, lorsqu'on parle dans les causes, même
» les plus justes, de se tenir dans les règles de la
» modération et de la charité, que ceux-là sont
» heureux que Dieu a mis dans des états où rien
» ne les oblige ni de parler ni de se produire ; et
» je vous confesse que je ne me lasse point d'ad-
» mirer et de plaindre en même temps l'aveugle-
» ment de la plupart des hommes qui ne font non
» plus de difficulté de dire : Cet homme est
» schismatique, que s'ils disaient : Il a le teint
» pâle et le visage mauvais. Quand je vous dis,

» monsieur, que je ne vous parle que pour vous
» seul, ce n'est pas que je ne veuille bien que l'on
» sache quels sont mes sentiments et mes pen-
» sées sur ce point-là ; mais je serais encore plus
» aise, comme c'est la vérité, que l'on ne s'ima-
» gine pas que je m'occupe des affaires qui ne
» me regardent point.

    » Je ne saurais m'empêcher de vous dire en-
» core qu'il n'y a rien de moins vrai que ce que
» l'on dit que je faisais pénitence d'avoir signé le
» *formulaire*, puisque je le signerai toutes les
» fois que mes supérieurs le désireront, et que je
» suis persuadé qu'en cela mon sentiment est le
» véritable. Mais je ne nie point que dans le nom-
» bre presque infini de crimes et de maux dont
» je me sens redevable à la justice divine, celui
» d'avoir imputé aux personnes qu'on appelle
» jansénistes des opinions et des erreurs dont j'ai
» reconnu dans la suite qu'ils n'étaient pas cou-
» pables, n'y puisse être compris. Étant dans le
» monde, avant que je pensasse sérieusement à
» mon salut, je me suis expliqué contre eux en
» toute rencontre, et me suis donné sur cela une
» entière liberté, croyant que je le pouvais faire
» sur la relation des gens qui avaient de la piété
» et de la doctrine. Cependant je me suis mé-

» compté, et ce ne sera point une excuse pour
» moi au jugement de Dieu, d'avoir cru et d'avoir
» parlé sur le rapport et sur la foi des autres.
» Cela m'a fait prendre deux résolutions que j'es-
» père de garder inviolablement avec la grâce de
» Dieu : l'une, de ne croire jamais le mal de per-
» sonne quelle que soit la piété de ceux qui le
» diront, à moins qu'ils ne me fassent voir une
» évidence; l'autre est de ne rien dire jamais à
» moins qu'avec l'évidence je n'y sois engagé par
» une nécessité indispensable ; celui qui craint les
» jugements de Dieu et qui sait qu'il a mérité d'en
» être jugé avec rigueur, est bien malheureux
» quand il juge ses frères, puisque le plus grand
» de tous les moyens pour engager Jésus-Christ
» à nous juger dans sa miséricorde, est de nous
» abstenir de juger.

    » Je croirais faire un mal si je soupçonnais leur
» foi (des jansénistes); ils sont dans la commu-
» nion et dans le sein de l'Église, elle les regarde
» comme ses enfants ; et par conséquent je ne puis
» et ne dois les regarder autrement que comme
» mes frères.

    » Vous dites, monsieur, qu'ils sont suspects;
» mais Dieu me préserve de me conduire par
» mes soupçons. Je sais par ma propre expérience,

» et je l'éprouve tous les jours, jusqu'où va l'in-
» justice et la violence de ceux qu'on appelle mo-
» linistes. Il n'y a point de calomnies dont ils
» n'essaient de ruiner ma réputation, point de
» bruits injurieux qu'ils ne répandent contre ma
» personne; comme ils ne sauraient attaquer mes
» mœurs, ils attaquent ma foi et ma croyance, et
» trouvent dans les règles de leur morale et dans
» la fausseté de leurs maximes qu'il leur est per-
» mis de dire contre moi tous les maux que l'en-
» vie et la passion leur peut suggérer. *Circumvenia-*
» *mus justum, quoniam inutilis est nobis et contra-*
» *rius est operibus nostris.* Ma conduite n'est pas
» conforme à la leur; mes maximes sont exac-
» tes, les leur sont relâchées; les voies dans les-
» quelles j'essaie de marcher sont étroites, celles
» qu'ils suivent sont larges et spacieuses : voilà
» mon crime; cela suffit, il faut m'opprimer et
» me détruire. *Opprimamus pauperem justum;*
» *gravis est nobis etiam ad vivendum, quoniam dis-*
» *similis est aliis vita illius.*

 » Comment voulez-vous, monsieur, que je leur
» donnasse quelque créance; et peuvent-ils pas-
» ser pour autre chose dans mon esprit que pour
» des emportés et des injustes? En quel endroit
» de l'Écriture et des livres des saints Pères ces

» gens, si zélés pour la défense de la vérité, ont-
» ils lu qu'ils puissent en conscience imputer le
» plus grand de tous les crimes sous des imagina-
» tions toutes pures, et décrier par toutes sortes
» de voies publiques et secrètes des personnes qui
» servent Dieu dans la retraite et dans le silence,
» qui ne se mêlent ni des contestations ni des af-
» faires, qui donnent de l'édification à l'Église, et
» dont la vie, de l'aveu même de ceux qui ne les
» aiment pas, est irrépréhensible? Jugez vous-
» même, monsieur, qu'est-ce qui se peut pré-
» senter plus naturellement lorsqu'il me revient
» quelque chose des soupçons que l'on forme con-
» tre les jansénistes, sinon que, puisque les mo-
» linistes ne font nul scrupule de m'imputer des
» excès dont je ne suis pas moins exempt que
» vous-même, quoique je n'aie jamais rien dit à
» leur désavantage et qu'ils n'aient aucun sujet
» de se plaindre de moi, il est très-possible qu'ils
» attribuent des erreurs imaginaires à des per-
» sonnes qui n'ont pas eu pour eux les mêmes
» égards ni les mêmes ménagements, et contre
» lesquels ils ont depuis si long temps une guerre
» toute déclarée?

» Pour vous parler franchement, monsieur, je
» ne suis rien moins que moliniste, quoique je sois

» parfaitement soumis à toutes les puissances ec-
» clésiastiques. Je ne pense point comme eux pour
» ce qui regarde la grâce de Jésus-Christ, la pré-
» destination de ses saints et la morale de son
» Évangile, et je suis persuadé que les jansénistes
» n'ont point de mauvaise doctrine. Ce serait une
» grande faiblesse de régler sa conduite sur les
» caprices et les imaginations du monde; et les
» gens de bien qui ne regardent que Dieu dans
» toutes les circonstances de leur vie ne se mettent
» guère en peine que l'on se scandalise de leur
» procédé lorsqu'il n'y a rien qui ne soit dans l'or-
» dre et dans les règles. Le scandale ne retombe
» point sur eux, mais sur ceux qui veulent trou-
» ver des sujets d'en prendre des occasions qui ne
» sont point blâmables.

» Enfin, monsieur, j'ai vu, depuis que j'ai quitté
» le monde, les différents partis qui ont agité l'É-
» glise. J'ai vu de tous les côtés les intérêts et les
» passions qui les ont continués, et par la grâce
» de Dieu je n'y ai pris aucune part que celle de
» m'en affliger, d'en gémir devant Dieu et de le
» prier d'inspirer des sentimens de paix et de
» charité à ceux qui paraissent en avoir de tout
» contraires. J'ai vécu entre les uns et les autres
» dans un état de suspension, je me suis soumis

» à l'Église sans avoir de liaison avec personne,
» parce que j'ai cru qu'il n'y en avait point qui
» ne fût dangereuse et que le meilleur des partis
» était de n'en point avoir, mais de s'attacher
» simplement à Jésus-Christ et à ceux auxquels il
» a donné sa puissance et son autorité dans son
» Église.

  » J'ai demeuré dans le repos et dans le silence ;
» et comme je pense souvent à cette grande vé-
» rité, que Dieu jugera sans miséricorde ceux qui
» auront jugé leurs frères sans compassion, je me
» suis abstenu de m'expliquer et de condamner
» la conduite et les sentiments de personne, sa-
» chant que je ne le devais pas à moins que d'avoir
» des évidences et des certitudes que je n'ai jamais
» eues et d'y être engagé par de véritables né-
» cessités. Je n'ai nul dessein de plaire aux hom-
» mes ; je ne recherche ni leur approbation ni
» leur estime, et je sais trop que Dieu ne marque
» jamais plus clairement dans ceux qui sont à lui
» qu'il ne rejette point les services qu'ils lui ren-
» dent, que quand il permet qu'on les persécute ;
» et la seule peine que j'aie est de voir que ces
» gens-là engagent leurs consciences comme s'ils
» ne savaient pas que Dieu jugera les calomnia-

» teurs avec autant de rigueur et de sévérité que
» les homicides et les adultères.

» Il me reste, monsieur, une autre affaire, qui
» est d'empêcher qu'on ne croie que je favorise
» le parti des molinistes; car je vous avoue que la
» morale de la plupart de ceux qui en sont est si
» corrompue, les maximes si opposées à la sain-
» teté de l'Évangile et à toutes les règles et in-
» structions que Jésus-Christ nous a données ou
» par sa parole ou par le ministère de ses saints,
» qu'il n'y a guère de choses que je puisse moins
» souffrir que de voir qu'on se servît de mon nom
» pour autoriser des sentiments que je condamne
» de toute la p'énitude de mon cœur. Ce qui me
» surprend dans ma douleur, c'est que, sur ce
» chapitre, tout le monde est muet, et que ceux
» même qui font profession d'avoir du zèle et de
» la piété gardent un profond silence, comme s'il
» y avait quelque chose de plus important dans
» l'Église que de conserver la pureté de la foi dans
» la conduite des âmes et dans la direction des
» mœurs. Pour moi qui n'ai jamais pris de chaleur
» contre personne, parce que je me suis toujours
» préservé de toutes sortes de liaisons, quand je
» regarde les choses dans le désintéressement
» d'un homme qui ne veut avoir que Dieu et sa

» vérité devant les yeux, et que j'essaie de dis-
» cerner ce qui fait qu'on est si échauffé de cer-
» taines matières et que sur les autres on n'a que
» de l'indifférence et de la froideur; rien ne se
» présente plus naturellement sinon que ce qui
» donne le mouvement à la plupart des hommes,
» c'est l'intérêt que d'un côté il y a à plaire et à
» gagner, et que de l'autre il n'y a rien qu'à per-
» dre (j'entends de ceux qui sont théologiens et
» qui ne peuvent ignorer le fond et les consé-
» quences des choses); et comme je n'ai rien à
» perdre ni à gagner en ce monde, et que j'ai ré-
» duit à l'éternité toute seule mes prétentions et
» mes espérances, ce sont des tempéraments et
» des retenues que je ne puis goûter ni com-
» prendre. En vérité, si Dieu n'a pitié du monde
» et s'il n'empêche l'effet de l'application avec
» laquelle on travaille à détruire les maximes vé-
» ritables pour en substituer d'autres en leur place
» qui ne le sont pas, les maux se multiplieront,
» et l'on verra dans peu une désolation presque
» générale. »

Je n'ai point abrégé cette lettre, trop longue
pour nous; elle décide une question si vivante
alors, maintenant si morte. Le jansénisme par son

âpreté devait plaire à un solitaire. Tout cela nous
paraîtra accablant aujourd'hui, car l'esprit humain n'a plus la force de se tenir debout. Rancé,
influencé par Bossuet, changea d'opinion; il cessa
de tolérer ce qu'il avait respecté. La permanence
n'appartient qu'à Dieu. *Manet in æternum*.

Dans l'année 1678, Rancé fit au maréchal de
Bellefonds une déclaration de ses principes : Bellefonds était ce même maréchal puni à la guerre
pour deux désobéissances heureuses, et auquel
Bossuet écrivit une lettre sur la conversion de
madame de La Vallière. La lettre de Rancé est
devenue rare : il s'agissait de repousser les accusations qui s'élevaient contre les rigueurs de la
Trappe :

« S'il n'est pas impossible, dit l'abbé au maré-
» chal, de chanter les cantiques du Seigneur dans
» une terre étrangère, il faut croire cependant
» qu'il est difficile de garder fidèlement ses voies
» lorsqu'on est environné d'affaires et de plaisirs.

» Dieu n'a pas commandé à tous les hommes de
» quitter le monde; mais il n'y en a point à qui il
» n'ait défendu d'aimer le monde.

» Ma profession veut que je me regarde comme
» un vase brisé qui n'est plus bon qu'à être foulé

» aux pieds : et, dans la vérité, si les hommes me
» prennent par des endroits par où je ne suis pas
» tel qu'ils me croient, il y a en moi des iniquités
» qui ne sont *connues de personne* et sur lesquelles
» on ne me dit mot; de sorte que je ne puis ne
» pas croire que les injustices qui me viennent du
» monde ne soient des justices secrètes et véri-
» tables de la part de Dieu, et ne pas considérer
» en cela les hommes comme des exécuteurs de
» ses vengeances.

» C'est la disposition dans laquelle je suis, et
» que je dois conserver, d'autant plus que les ex-
» trémités de ma vie sont proches : aux portes
» de l'éternité, il n'y a rien de plus puissant pour
» faire que Dieu me juge dans sa clémence que
» d'être jugé des hommes sans pitié. »

Dans l'année 1679 Bellefonds appela Rancé à
Paris. Ces Bellefonds de Normandie étaient sortis
des Bellefonds de Touraine. La marquise du Châtelet, fille du maréchal, vécut très-pauvre avec
son mari à Vincennes, dont Bellefonds était gouverneur; il mourut dans le château où l'attendait
le duc d'Enghien, qui n'avait point encore paru
sur la terre.

Rancé était mandé par le maréchal pour voir

madame de La Vallière; il se connaissait dans le mal dont elle était attaquée. Cinquante lettres de madame de La Vallière à Bellefonds sont imprimées à la suite de l'abrégé de la vie de la maîtresse de Louis XIV. L'auteur de cet abrégé est l'abbé Lequeux, éditeur de plusieurs opuscules de Bossuet. L'abbé devint convulsionnaire de Saint-Médard.

« Vivez cachée, » dit Bossuet à madame de La Vallière, dans son discours sur sa profession; « prenez un si noble essor que vous ne trouviez » le repos que dans l'essence éternelle. » « Enfin » je quitte le monde, » écrit madame de La Vallière elle-même; « c'est sans regret, mais » non sans peine. Je crois, j'espère et j'aime. » Ce devait être une belle société que celle à qui ce beau langage était naturel. Dans sa lettre du 7 novembre 1675 au maréchal de Bellefonds, madame de La Vallière dit : « Je ne puis m'em- » pêcher de vous faire part de la joie que j'ai » eue de voir Monsieur l'abbé de la Trappe : » je suis toujours dans la confiance de la paix, » et notre saint abbé m'a fort exhortée à y de- » meurer. Que vous êtes heureux, monsieur le » maréchal, d'être dans l'état où il veut que vous » soyez! » Bellefonds, aidé de Rancé et de la las-

situde de Louis, appuyait la résolution de la fugitive. Le monde voyait une de ses victimes sous
le froc, Rancé, encourager au cilice une autre
victime.

Telle était l'aventure placée sur le chemin de
la Maison-Dieu. Tous les souvenirs venaient du
dedans et du dehors s'enfoncer dans ces solitudes ; chaque pénitent menait avec lui ses fautes.
Les repentis se promenaient dans des routes écar-
tées, se rencontraient pour ne se retrouver jamais. Les âmes qui portaient des souvenirs dis-
paraissaient comme ces vapeurs que j'ai vues dans
mon enfance sur les côtes de la Bretagne ; brouillards, assurait-on, produits par les volcans loin-
tains de la Sicile. On rencontrait sur toutes les
routes de la Trappe des fuyards du monde ; Rancé
à ses risques et périls les allait recueillir ; il rapportait dans un pan de sa robe des cendres brû-
lantes, qu'il semait sur des friches. Aujourd'hui,
on ne voit plus glisser dans les ombres ces chas-
ses blanches, dont Charles-Quint et Catherine de
Médicis croyaient entendre les cors parmi les
ruines du château de Lusignan, tandis qu'une fée
envolée faisait son cri.

En descendant des hauteurs boisées où je
cherchais les lares de Rancé, s'offraient des

13

clochers de paille tordus par la fumée ; des nuages abaissés filaient comme une vapeur blanche au plus bas des vallons. En approchant, ces nuées se métamorphosaient en personnes vêtues de laine écrue ; je distinguais des faucheurs : madame de La Vallière ne se trouvait point parmi les herbes coupées.

Rancé s'était résolu à ne composer aucun ouvrage qui rappelât son existence. A soixante ans, accablé d'infirmités, il n'était pas tenté de retourner aux illusions de sa jeunesse, malgré les encouragements qu'il trouvait dans les cheveux blancs de son ami Bossuet. Comme il faisait souvent des conférences à ses frères, il lui restait une quantité de discours. Il se laissa entraîner à la prière d'un religieux malade qui le conjurait de rassembler ces discours. Ainsi se trouva formé peu à peu le traité qu'il intitula : *De la sainteté et des devoirs de la vie monastique*. On fit dans le couvent plusieurs copies de ce traité ; une de ces copies tomba entre les mains de Bossuet : Bossuet, émerveillé, se hâta d'écrire à Rancé qu'il exigeait que son ouvrage fût rendu public et qu'il se chargeait de le faire imprimer. Dom Rigobert et l'abbé de Châtillon mêlèrent leurs sollicitations à celles du grand évêque. Rancé avait jeté l'ouvrage au

feu, et on en avait retiré des cahiers à demi
brûlés. Par une de ces lâchetés communes aux
auteurs, Rancé avait repris les débris de l'incen-
die, et les avait retouchés; une des copies post-
flammes était parvenue à Bossuet. «Comment,
» monseigneur, lui écrivait l'abbé de la Trappe,
» vous voulez que je me mette tous les ordres
» religieux à dos? — Vous avez beau, répondit
» Bossuet, vous fâcher, vous ne serez point le
» maître de votre manuscrit et vous y penserez
» devant votre Dieu. » Rancé insista : Bossuet
lui répondit : « Je répondrai pour vous, je pren-
» drai votre défense; demeurez en repos. »

En effet, on voit à la tête des *éclaircissements*
sur le livre *Des devoirs de la vie monastique,* cette
approbation de Bossuet : « Après avoir lu et exa-
» miné les *éclaircissements,* nous les avons ap-
» prouvés d'autant plus volontiers que nous espé-
» rons que tous ceux qui les liront demeureront
» convaincus de la sainte et salutaire doctrine du
» livre *De la sainteté et des devoirs de la vie mo-*
» *nastique.* A Meaux, le 10ᵉ jour de mai 1685. »

Quel est cet ouvrage que l'aigle de Meaux avait
couvert de ses ailes? En vain Rancé ne voulait
pas convenir que sa jeunesse lui était demeu-
rée : il se disait et se croyait vieux, et la vie

13.

débordait en lui. Cependant ce qu'il avait prévu arriva. Une longue querelle survint après deux ou trois années de la publication du livre. La gravité de ces controverses n'a rien de semblable aux contestations littéraires d'aujourd'hui ; cette partie des temps passés est curieuse à connaître. Bossuet ne s'était trompé ni sur le fond, ni sur le style de l'ouvrage. Voici l'analyse *De la sainteté des devoirs de la vie domestique,* je laisse parler Rancé :

« Les règles des observances religieuses ne
» doivent pas être considérées comme des inven-
» tions humaines. Saint Luc a dit : Vendez ce que
» vous avez et le donnez aux pauvres ; après cela
» venez et me suivez. Si quelqu'un vient à moi et
» ne hait point son père et sa mère, et sa femme
» et ses enfants, et ses frères et ses sœurs, et même
» sa propre vie, il ne peut être mon disciple.

» Jean-Baptiste a mené dans le désert une
» vie de détachement, de pauvreté, de pénitence
» et de perfection dont la sainteté a été transmise
» aux solitaires, ses successeurs et ses disciples.

» Saint Paul l'anachorète et saint Antoine
» cherchèrent les premiers J.·C. dans les dé-
» serts de la basse Thébaïde ; saint Pacôme parut
» dans la haute Thébaïde, reçut de Dieu la règle
» par laquelle il devait conduire ses nombreux

» disciples. Saint Macaire se retira dans le dé-
» sert de Sethé, saint Antoine dans celui de Nitry,
» saint Sérapion dans les solitudes d'Arsinoé et
» de Memphis, saint Hilarion dans la Palestine;
» sources abondantes d'une multitude innombra-
» ble d'anachorètes et de cénobites qui rempli-
» rent l'Afrique, l'Asie et toutes les parties de
» l'Occident.

» L'Église, comme une mère trop féconde,
» commença de s'affaiblir par le grand nombre
» de ses enfants. Les persécutions étant cessées,
» la ferveur et la foi diminuèrent dans le repos.
» Cependant Dieu, qui voulait maintenir son
» Église, conserva quelques personnes qui se sé-
» parèrent de leurs biens et de leurs familles par
» une mort volontaire, qui n'était ni moins réelle,
» ni moins sainte, ni moins miraculeuse que celle
» des premiers martyrs. De là les différents or-
» dres monastiques sous la direction de saint
» Bernard et de saint Benoît. Les religieux étaient
» des anges qui protégeaient les États et les Empi-
» res par leurs prières; des voûtes qui soutenaient
» la voûte de l'Église, des pénitents qui apaisaient
» par des torrents de larmes la colère de Dieu,
» des étoiles brillantes qui remplissaient le monde
» de lumière. Les couvents et les rochers sont

» leur demeure ; ils se renferment dans les mon-
» tagnes comme entre des murs inaccessibles ; ils
» se font des églises de tous les lieux où ils se
» rencontrent ; ils se reposent sur les collines
» comme des colombes ; ils se tiennent comme
» des aigles sur la cime des rochers ; leur mort
» n'est ni moins heureuse ni moins admirable
» que leur vie, raconte saint Ephrem. Ils n'ont
» aucun soin de se construire des tombeaux ; ils
» sont crucifiés au monde ; plusieurs, étant atta-
» chés comme à la pointe des rochers escarpés,
» ont remis volontairement leurs âmes entre les
» mains de Dieu. Il y en a qui, se promenant avec
» leur simplicité ordinaire, sont morts dans les
» montagnes qui leur servaient de sépulcre.
» Quelques-uns, sachant que le moment de leur
» délivrance était arrivé, se mettaient de leurs
» propres mains dans le tombeau. Il s'en est
» trouvé qui en chantant les louanges de Dieu ont
» expiré dans l'effort de leur voix, la mort seule
» ayant terminé leur prière et fermé leur bouche.
» Ils attendent que la voix de l'archange les ré-
» veille de leur sommeil ; alors ils refleuriront
» comme des lis d'une blancheur, d'un éclat et
» d'une beauté infinie. »

Après cette description admirable pour leur

faire aimer la mort, Rancé ajoute : « Je ne doute
» pas, mes frères, que vos pensées ne vous por-
» tent du côté du désert; mais il faut modérer
» votre zèle. Les temps sont passés ; les portes
» des solitudes sont fermées, la Thébaïde n'est
» plus ouverte. »

C'était vrai, mais les ordres religieux avaient
rebâti dans leurs couvents la Thébaïde ; ils
avaient représenté dans leurs cloîtres les palmiers des sables. Les monastères étaient des pé-
pinières où l'on élevait les plantes divines, où
elles prenaient leur accroissement avant d'être
transplantées. Ainsi lorsqu'on descendait de la
montagne et que l'on était près d'entrer dans
Clairvaux, on reconnaissait Dieu de toute part.
On trouvait au milieu du jour un silence pareil à
celui du milieu de la nuit : le seul bruit qu'on y
entendait était le son des différents ouvrages des
mains ou celui de la voix des frères lorsqu'ils
chantaient les louanges du Seigneur. La renommée seule de cette grande aphonie imprimait une
telle révérence que les séculiers craignaient de
dire une parole. Une forêt resserrait le monastère. Les viandes dont on se nourrissait n'avaient
d'autre goût que celui que la faim leur donnait.

Rancé passe à l'explication des trois vœux de

la vie monastique : chasteté, pauvreté et obéissance. Il dit que dans la pensée de saint Augustin une vierge chaste consacrée à Dieu a tout ce qui peut lui servir d'ornement; sans quoi la virginité lui aurait été honteuse, car que lui servirait d'avoir l'intégrité du corps, si elle n'avait pas celle de l'âme. Le réformateur insiste sans s'embarrasser dans ses souvenirs. Quel avantage tirerait un religieux d'avoir abandonné les biens de la fortune s'il conservait d'autres affections et d'autres attaches? Notre cœur se trouve où est notre trésor, et nous sommes liés par les objets que nous aimons; et pourtant, mes frères, dit Rancé, si le religieux ne se prive des faux plaisirs, il se réserve les véritables ennuis qui les accompagnent; toute sa course ne sera qu'une continuité de chutes et de rechutes. Dans un voyage pour aller plus légèrement vers le ciel, il faut se décharger de tout ce qui peut empêcher de s'avancer dans le chemin. La pauvreté religieuse sépare le cœur, aussi bien que la chasteté, de tout ce qu'il y a de visible et d'invisible s'il n'est point éternel.

Rancé recommande la charité comme la première des vertus. Un chrétien, dit saint Paul, n'est fait que pour aimer. Ce qui fait que l'amour de Dieu est si rare dans les hommes c'est qu'ils

sont emportés par d'autres amours. « Pour vous,
» dit le réformateur dans un langage admirable,
» pour vous, mes frères, Dieu vous a levé tous
» ces obstacles, et vous a préservés de ces sortes
» de tentations en vous retirant dans la solitude.
» Vous êtes à l'égard du monde, comme s'il n'é-
» tait plus; il est effacé dans votre mémoire
» comme vous l'êtes dans la sienne; vous igno-
» rez tout ce qui s'y passe, ses événements et ses
» révolutions les plus importantes ne viennent
» point jusqu'à vous; vous n'y pensez jamais que
» lorsque vous gémissez devant Dieu de ses mi-
» sères; et les noms mêmes de ceux qui le gou-
» vernent vous seraient inconnus, si vous ne les
» appreniez par les prières que vous adressez à
» Dieu pour la conservation de leurs personnes.
» Enfin vous avez renoncé, en le quittant, à ses
» plaisirs, à ses affaires, à ses fortunes, à ses
» vanités, et vous avez mis tout d'un coup des-
» sous vos pieds, ce que ceux qui l'aiment et qui
» le servent ont placé dans le fond de leur cœur. »
Tel est ce traité *De la sainteté et des devoirs de
la vie monastique*, on y entend les accents pleins
et majestueux de l'orgue. On se promène à travers
une basilique dont les rosaces éclatent des rayons
du soleil. Quel trésor d'imagination dans un

traité qui paraissait si peu s'y prêter ! Ici on ne
se traîne pas sur ces adorations de femme repro-
duites aujourd'hui à tout propos sans les plus
aimer. La lumière et l'ombre avaient bâti les
édifices religieux plus que la main des hommes.
Le travail de Rancé apprendra à ceux qui ne le
connaissaient pas qu'il y a dans notre langue un
bel ouvrage de plus.

Il se fit d'abord un profond silence, autant
d'admiration que d'étonnement. Il ne fallut pas
moins de deux années pour que les amours-pro-
pres et les passions se remissent du choc. Mais
enfin on recouvra ses esprits et le conflit s'engagea : il commença d'abord en Hollande, où la
littérature française avait son écho; écho protestant, qui répétait mal le son, et ne le répétait
qu'aigre et sec.

*Le véritable Motif de la conversion de l'abbé de
la Trappe*, par Laroque, que j'ai déjà cité, est
une réponse aux *Devoirs de la vie monastique;* il
est en forme de dialogue, selon le goût du temps:
Timocrate et Philandre s'entretiennent du livre
de Rancé. Timocrate est un bonhomme, qui,
par-ci par-là, a grande envie d'admirer le livre des
Devoirs; mais Philandre le morigène; il prétend,
lui, que l'ouvrage du solitaire de la Trappe ne

vaut pas le diable. Sur chaque observation de
Timocrate, Philandre s'écrie : « Ah ! je ne savais
» pas cela. Je serai fort aise que vous examiniez
» un peu ce qu'il dit là-dessus, et vous m'oblige-
» rez de me montrer l'endroit. » Les deux inter-
locuteurs vont dîner, se donnent rendez-vous
pour le lendemain au jardin des Tuileries, et la
conversation continue. Timocrate accuse Rancé
de dédaigner l'Écriture, de vouloir se montrer
savant à propos de tout, de citer de l'Aristophane
grec. « Je voudrais savoir, reprend Timocrate,
» quand il l'a lu, si c'était dans sa jeunesse et
» avant d'avoir quitté le monde ou après. J'ai
» peine à croire qu'il se ressouvienne si exacte-
» ment d'une lecture faite il y a plus de trente
» ans : ainsi il y a plus d'apparence que c'est dans
» la retraite qu'il s'est diverti avec ce comique. »
Petite chicane de mauvaise foi, néanmoins pi-
quante. Le P. Mège combattit sérieusement le
premier l'ouvrage de Rancé dans son *Commentaire sur la règle de saint Benoît*. Le livre *De la
sainteté et des devoirs de la vie monastique* était
déjà à sa troisième édition, lorsqu'enfin, dans
l'ombre des cloîtres, on entendit un bruit de papier et de poussière : c'était Mabillon qui s'élevait. Il n'avait pas blanchi sous ses in-folio, il ne

regardait pas autour de lui les parchemins moisis
des premiers jours de la monarchie, pour s'entendre dire qu'il avait perdu son âme et son
temps à l'étude des choses passées. Le compila-
teur des *Vetera analecta* se crut obligé de soutenir la cause des érudits, dont il était la gloire. Les
deux savants champions, descendus dans la lice,
étaient cuirassés de grec et de latin. Quand nous
prétendons lutter contre ces savants, nous mon-
trons ce qui nous manque « dans cette monar-
» chie DOCTE ET CONQUÉRANTE, » dit Bossuet. Le
Père Mabillon procède méthodiquement; il ne
laisse rien derrière lui; rechercheur expéri-
menté, il fouille partout : il ne fait pas un pas
qu'il ne force un siècle à se lever. Intime confident des chroniques, il dit comme l'abbé Lacordaire : « Le temps tiendra la plume après moi. »

Il s'adresse aux jeunes religieux bénédictins de
la congrégation de St-Maur :

« C'est à vous, mes très chers frères, leur dit-
» il, que je me sens obligé d'offrir cet ouvrage;
» puisque c'est particulièrement pour vous qu'il
» a été entrepris et composé. Je vous prie de bien
» considérer que je ne prétends pas faire ici de
» nos monastères de pures académies de science :
» si le grand apôtre faisait gloire de n'en avoir

» point d'autre que celle de Jésus-Christ crucifié,
» nous ne devons point aussi avoir d'autre but
» dans nos études : il est vrai, et saint Paul l'a
» dit, que la science sans la charité enfle, mais il
» est certain aussi qu'avec le secours de la grâce
» rien n'est plus propre à nous conduire à l'hu-
» milité, parce que rien ne nous fait mieux con-
» naître notre néant, notre corruption et nos
» misères. »

L'illustre savant s'était mis à l'abri des reproches de Rancé par cette ingénieuse interprétation
de l'étude. Jusque dans la manière dont il im-
prime son traité, il semble avoir contracté dans
des lettres majuscules quelque chose du caractère
monumental des inscriptions. Il écarte pour les
théologiens scolastiques les questions de la puissance *obédiencielle* et de la façon dont le feu
matériel agit sur les damnés, puis il entre en
matière : « Ce qui m'avait fait balancer d'abord,
» dit-il dans son avant-propos, sur la composi-
» tion de mon ouvrage, c'est que le grand servi-
» teur de Dieu qui fait aujourd'hui tant d'honneur
» à l'état monastique s'est expliqué d'une ma-
» nière si noble et si relevée sur ce sujet, qu'il
» est malaisé de réussir après lui. L'on pourra
» cependant demeurer d'accord avec lui que si

» tous les solitaires étaient comme les siens, et si
» l'on était assuré d'avoir toujours des supérieurs
» aussi éclairés que lui, il ne serait pas beaucoup
» nécessaire que les solitaires s'app'iquassent aux
» études, puisqu'en ce cas leur supérieur leur
» tiendrait lieu de livres. Mais il est difficile, pour
» ne pas dire impossib'e, que toutes les commu-
» nautés aient cet avantage. »

Après cette sainte courtoisie, Mabillon continue : la raison et le savoir l'appelaient à triom-
pher. Il affirme que les moines sont obligés de
vaquer à l'étude, que les grands hommes qui ont
fleuri parmi les moines sont une preuve que l'on
cultivait les lettres chez eux, que les bibliothè-
ques des monastères sont une autre preuve des
études qui s'y faisaient. Il parle de l'institution de
l'abbaye du Bec et des Chartreux. Il montre que
les monastères de l'Orient s'occupaient aussi de
lettres : témoin saint Basile, saint Chrysostome,
saint Jérôme, Ruffin, Cassien et son compagnon
Germain, Marc le solitaire, et saint Nil. Il rappelle
le monastère de Lerins dans l'Occident, l'abbaye
du mont Cassin, le monastère de Saint-Colomban,
les écoles attachées aux cathédrales et aux monastères, les savants qui sortirent de ces écoles,
le fameux Gerbert, Loup de Ferrières, Lanfranc,

Anselme; il fait voir que les moines, occupés à transcrire les ouvrages des anciens, nous les ont conservés, que les religieux mêmes s'occupaient de les transcrire; que les conciles et les papes, loin de défendre les études aux moines, les ont, au contraire, obligés à ces études; il ne faut, pour la conviction de la France, que l'autorité de Charlemagne et de saint Louis.

L'érudition toujours sûre déborde dans le *Traité des études monastiques*. L'auteur descend aux plus petits préceptes : il apprend à reposer sa voix à propos dans les lectures; il insiste surtout sur la brièveté, quoique lui-même soit un peu long : un court *Hic jacet Sugerius abbas* vaut mieux, dit-il, qu'une verbeuse inscription. Prononcez en français *incontinent après*, au lieu d'*incontinen après; saintes âmes*, au lieu de *saint âmes*.

« Ceux qui confèrent les manuscrits avec un » imprimé, ajoute l'érudit, doivent, pour la faci- » lité de ceux qui s'en serviront, marquer la page » et le nombre de la ligne de l'imprimé où tombe » la correction ou la diverse leçon; et afin qu'ils » ne soient pas obligés de compter à chaque fois » les lignes, ils pourront faire une échelle de car- » ton ou de papier sur laquelle ils marqueront le

» nombre des lignes dans la même distance qu'elles
» sont dans l'imprimé. »

Merveilleux siècle où Mabillon, oubliant son
sujet, se change en un pauvre pédagogue, où
Bossuet, devenant un prêtre habitué de paroisse,
fait le catéchisme aux petits enfants de son diocèse !

Il n'y a aucune éloquence dans le *Traité des
études monastiques* opposé aux sentiments de Rancé,
mais une raison supérieure, une mansuétude touchante, je ne sais quoi qui gagne le cœur : « Écri-
» vons donc, dit-il, en finissant, et composons tant
» que nous voudrons, et travaillons pour les au-
» tres. Si nous ne sommes pénétrés de ces senti-
» ments, nous travaillons en vain, et nous ne
» rapporterons de notre travail qu'une funeste
» condamnation. Tout passe, excepté la charité :
» *Quotidiè morimur, quotidiè commutamur, et tamen
» æternos nos esse credimus.* »

Rancé prit feu en se sentant attaqué par Mabillon : sa réponse est aussi érudite que celle du
bénédictin, mais elle est sophistique. Si le supérieur de la Trappe n'a pas raison, il se soutient
par une éloquence qu'il tire de sa passion pour les
souffrances. Il adresse sa réponse à ses frères

. trappistes, comme Mabillon avait dédié son ouvrage à ses jeunes confrères.

« Comme Dieu m'a chargé, mes frères, leur
» dit-il, de veiller incessamment à la garde de vos
» âmes, je me sens obligé de vous dire que depuis
» peu il paraît un livre qui attaque une vérité que
» nous vous avons enseignée comme une des plus
» importantes et des plus nécessaires pour main-
» tenir la régularité dans les cloîtres. Le dessein
» de l'auteur est de prouver que l'étude des scien-
» ces est nécessaire à l'état monastique; je vous
» avoue que ce qui me fait le plus de peine dans
» l'obligation où je suis de vous expliquer mes
» pensées sur ce sujet, afin de vous préserver
» d'une opinion qui m'a paru si dangereuse, c'est
» que j'estime et que je considère celui qui a com-
» posé cet ouvrage, et qu'il s'attire une recom-
» mandation particulière par sa vertu comme par
» sa doctrine. »

Quelle différence de ce public compétent et
choisi à celui auquel nous nous adressons maintenant !

Rancé reprend une à une les propositions de
Mabillon, et les réfute à son tour par des exemples. Comme il y a nécessairement des parties
faibles dans un grand ouvrage, l'abbé les saisit

14

avec habileté : « On loue, mes frères, dit-il, on
» loue Marc, disciple, à ce que l'on dit, de saint
» Benoît, de ce qu'il faisait bien des vers! Quelle
» louange pour un moine! Je suis assuré que saint
» Benoît ne lui avait pas légué cette science par
» son testament, ni qu'il ne la lui avait pas en-
» seignée par son exemple. Quelle qualité pour
» un solitaire d'être poëte !

 » Loup, abbé de Ferrières, a tort de prier le
» pape Benoît III de lui envoyer le livre de l'Ora-
» teur de Cicéron, les douze livres de Quintilien,
» le Commentaire de Donat sur Térence : n'au-
» rait-il pas mieux fait de gémir dans le fond de
» son cloître de ses propres péchés comme de ceux
» du monde, et de soutenir ses frères qui dans
» ce siècle de fer avaient besoin d'être secourus
» et d'être consolés! »

 Rancé se jette parmi les moines savants pour
en rompre l'ordonnance; il ne s'aperçoit pas qu'il
les fait aimer : il rit de Hubald, auteur de cent
trente vers à la louange des *chauves*. Rancé avait
raison; mais qu'est-ce que cela prouve, sinon chez
Rancé un reste de la raillerie du monde?

 Mabillon ne se tint pas pour vaincu; il répliqua
dans ses *Réflexions*. Il amoncela de nouvelles
preuves en faveur des études monastiques. Ces

ouvrages de Mabillon ne sont point écrits avec
emportement; une attention sage, pleine de modération et de retenue, une piété tendre, une
science humble et modeste; une sainte politesse
règnent partout. Il finit par ces paroles touchantes :

» J'ai tâché de garder toutes les règles de la
» modération; mais je n'oserais me flatter qu'il
» ne me soit rien échappé de contraire et que je
» n'aie trahi en cela mes intentions les plus pures
» et les plus droites. Que ne pouvez-vous voir mon
» cœur, mon révérend père (l'abbé de la Trappe)!
» car permettez-moi de vous adresser ces paroles
» à la fin de cet ouvrage, pour y connaître les dis-
» positions où je suis et pour votre personne et
» pour votre maison. Je suis bien éloigné de dés-
» approuver la conduite que vous y gardez en-
» vers vos religieux touchant les études; mais si
» vous les croyez assez forts pour s'en passer,
» n'ôtez pas aux autres un soutien dont ils ont
» besoin.

» Que si vous jugiez à propos de répliquer à ces
» réflexions, je vous prie de prendre bien ma
» pensée comme je me suis efforcé de prendre la
» vôtre; mais, au nom de Dieu, demeurons-en là
» dans les termes de notre contestation. J'espère
» que Dieu me fera la grâce de n'entrer jamais

14.

» dans ces sortes de détails. Quelque chose qu'on
» puisse me dire et que je puisse apprendre, je
» n'en ferai jamais aucun autre usage que de les
» sacrifier à la paix et à la charité chrétienne.
» Écrivez donc, si vous voulez, contre l'abus que
» l'on peut faire de l'étude et de la science, mais
» épargnez en même temps l'une et l'autre, parce
» qu'elles sont bonnes en elles-mêmes et que l'on
» en peut faire un très-bon usage dans les com-
» munautés religieuses. C'est la charité qui, unis-
» sant les travaux des uns avec l'étude des autres
» par l'union de leurs cœurs, fait que ceux qui
» étudient participent au mérite du travail de
» leurs frères, et que ceux qui travaillent pro-
» fitent des lumières de ceux qui étudient. Je son-
» haite de tout mon cœur que ce soit là notre
» partage aux uns et aux autres; heureux si ce
» pouvait être là le fruit de nos disputes, et si, nos
» sentiments étant partagés au sujet de la science,
» ils demeuraient réunis au moins dans l'esprit
» de charité. Pardonnez-moi, mon révérend père,
» car il faut finir par les paroles du saint docteur;
» pardonnez-moi si j'ai parlé avec quelque sorte
» de liberté, et soyez persuadé que je ne l'ai fait
» par aucun dessein de vous blesser : *non ad con-*
» *tumeliam tuam, sed ad defensionem meam.* Néan-

» moins, si je me suis trompé en cela même, je
» vous prie encore de me le pardonner. »

Ce ne sont pas là de ces modesties ostentatri-
ces qui se glorifient. Mabillon parle à pleine ouverture de cœur ; aucun arrière-amour-propre
ne corrompt la sincérité de ses aveux : tels sont
les fruits de la religion. Il y a loin de cette douceur à cette amertume du savoir, telle qu'on la
sent dans les contentions de Milton et de Saumaise et dans les jugements de Scaliger.

Les actions confirmèrent les paroles ; et l'on
trouve Mabillon à la Trappe, suivi et accompagné
avec respect par Rancé. Le 4 juin 1693, Rancé
écrit à l'abbé Nicaise : « Le P. Mabillon est venu
» ici depuis sept à huit jours seulement. L'entre-
» vue s'est passée comme elle le devait ; il est
» malaisé de trouver tout ensemble plus d'humi-
» lité et plus d'érudition que dans ce bon père. »

Bossuet, avec son bon sens, avait éclairé le
point de la difficulté, en distinguant l'état de solitaire et l'état de cénobite.

La dispute ne s'éteignit pas là : les moines savants avaient pris les armes. D. Claude de Vert,
sous le nom de frère Colombart, se jeta dans la
mêlée. L'infatigable Rancé répondit toujours.
Quatre lettres du P. Sainte-Marthe parurent,

auxquelles Rancé répliqua par une courte lettre adressée à Santeuil, juge placé avec ses belles poésies latines sur la frontière des deux Parnasses.

Au surplus, l'éloignement pour les lettres qu'éprouvait Rancé s'est retrouvé chez plusieurs hommes et même des hommes de son temps ; ils avaient appris à mépriser ce qu'ils avaient d'abord recherché. Boileau écrivait à Brienne : « C'est » très-philosophiquement et non chrétiennement » que les vers me paraissent une folie. C'est vai- » nement que votre berger en soutane, je veux » dire M. de Maucroix, déplore la perte du *Lu-* » *trin.* Si quelque raison me le fait jamais déchi- » rer, ce ne sera pas la dévotion, mais le peu » d'estime que j'en fais, aussi bien que de tous » mes autres ouvrages. Vous me direz peut-être » que je suis aujourd'hui dans un grand accès » d'humilité ; point du tout : jamais je ne fus plus » orgueilleux ; car, si je fais peu de cas de mes » ouvrages, j'en fais encore bien moins de ceux » de nos poètes d'aujourd'hui, dont je ne puis » plus lire ni entendre pas un, fût-il à ma » louange. »

Que dirait donc le critique, maintenant qu'il n'y a pas un de nous, long ou écourté qu'il soit,

qui ne se pense assuré d'aller aux astres. Pour
moi, tout épris que je puisse être de ma chétive
personne, je sais bien que je ne dépasserai pas
ma vie. On déterre dans des îles de Norwége
quelques urnes gravées de caractères indéchif-
frables. A qui appartiennent ces cendres? Les
vents n'en savent rien.

Mabillon, né le 23 novembre 1632, à Saint-
Pierre-Mont, village du diocèse de Reims, mourut sept ans après Rancé, le 27 décembre 1707.
En apprenant cette mort, Clément XI dit « que
» Mabillon devait être inhumé dans le lieu le
» plus distingué, parce qu'on ne manquerait pas
» de demander où il avait été déposé : *Ubi po-*
» *suistis eum?* »

Les restes du savant, après avoir été conservés au Musée des *monuments français*, ont été re-
portés, au mois de février 1819, à l'abbaye de
Saint-Germain-des-Prés. Notre maître à tous,
M. Augustin Thierry, a écrit ces paroles sur le
premier monument de notre monarchie : décou-
vrons-nous avec respect pour entrer dans le
caveau funèbre : « Cette église fut le tombeau des
» princes mérovingiens : son pavé subsiste ; et,
» dans l'enceinte de l'édifice, rebâti plusieurs fois,
» il garde encore la poussière des fils du conqué-

» rant de la Gaule. Si ces récits valent quelque
» chose, ils augmenteront le respect de notre âge
» pour l'antique abbaye royale, maintenant simple
» paroisse de Paris ; et peut-être joindront-ils une
» émotion de plus aux pensées qu'inspire ce lieu
» de prières, consacré il y a treize cents ans. »

L'édit de Nantes fut révoqué en 1685 au mois
d'août ; les cent cinquante-huit articles avaient
été successivement cancellés par des lois. A ce
propos, l'abbé de Rancé écrivait : « C'est un pro-
» dige que le roi a fait contre l'extirpation de
» l'hérésie. Il fallait pour cela une puissance et
» un zèle qui ne fût pas moins grand que le sien.
» Le temple de Charenton détruit, et nul exer-
» cice de religion dans le royaume, c'est une
» espèce de miracle que nous n'eussions pas cru
» voir de nos jours. »

La renommée de l'abbaye de la Trappe avait
franchi les mers ; un missionnaire était arrivé de
la Chine tout exprès pour voir le saint solitaire.
Prêt à retourner aux Indes, Rancé lui écrivit ;
et M. de Chaumont, ainsi se nommait-il, emporta
cette lettre comme une relique protectrice : « Je
» ne saurais penser qu'avec étonnement, dit
» Rancé, qu'étant près de faire naufrage, la
» Trappe vous ait été présente, et que contre

» toute votre attente vous ayez espéré vous y
» voir. Le moyen, après cela, de ne pas vous
» suivre jusqu'aux extrémités de la terre? Allez
» donc, monsieur, où Dieu vous a destiné; ne
» doutez pas qu'en lui gagnant des âmes vous ne
» sauviez la vôtre, et que vous ne soyez du nom-
» bre de ceux qu'il a promis de couvrir de sa
» protection par l'entremise de ses anges. »

Le P. Chaumont lui répondit : « Je conserve-
» rai votre chère lettre comme le gage précieux
» de la part que vous voulez bien me donner et
» à tous mes chers confrères dans vos travaux et
» dans vos prières; elle me sera comme un pi-
» lote assuré et comme ma garde fidèle dans le
» cours de mon voyage, et un puissant asile dans
» toutes les adversités qui me pourront survenir.
» J'en laisserai une copie dans le monastère de
» Siam; quant à l'original, je ne le quitterai ja-
» mais qu'à la mort. »

M. de Chaumont écrivit en 1691 à un religieux
de la Trappe : « Passant de la côte de Coroman-
» del à la Chine, et faisant route par le vieux
» détroit de Sincanpou, le 24 août notre navire
» se trouva à sec sur des rochers depuis la
» proue jusqu'au grand mât, quoiqu'il y eût plu-
» sieurs brasses d'eau sous la poupe; il fut telle-

» ment renversé que le grand mât touchait pres-
» que à l'eau. Alors tous se crurent perdus, no-
» nobstant leurs efforts. Pendant ce temps-là, les
» charitables et obligeantes promesses que notre
» saint abbé m'avait fait de faire des prières par-
» ticulières pour moi me revinrent si vivement
» dans la pensée, qu'elles me causèrent une con-
» fiance extraordinaire; et dans mes prières j'a-
» vais une idée si forte de ce saint homme qu'il
» me semblait le voir et sentir qu'il fortifiait l'es-
» pérance que j'avais d'abord à la Chine. Ce
» qui me faisait dire à mon confrère qu'il eût
» bon courage, et qu'avec le secours de Notre-
» Seigneur et les prières du saint abbé de la
» Trappe nous arriverions. Tout à coup le navire
» retourna dans son assiette, à la faveur de la
» marée, sans avoir fait aucune perte. »

Le P. Chaumont appartenait à ces grandes missions des jésuites de la Chine qui pensèrent nous
ouvrir la route de Nankin.

Ainsi les mers et les naufrages entrent à la
Trappe, comme le siècle de Louis XIV y était en-
tré par des bois où l'on entend à peine un son.
La manière dont les hommes de ce temps voyaient
le monde ne ressemblait pas à celle dont nous
l'apercevons aujourd'hui. Il ne s'agissait jamais

pour ces hommes d'eux-mêmes; c'était toujours
de Dieu dont ils parlaient. Ces souvenirs que
Rancé envoyait aux océans par un missionnaire
se rattachaient à son arrière-vie, lorsqu'il avait
songé à cacher ses blessures parmi les pasteurs
de l'Himalaya. Tous les rivages sont bons pour
pleurer. Il aurait vu, s'il avait suivi ses premiers
desseins, ces rizières abandonnées quand l'homme
qui les sema est passé depuis long-temps; il
aurait suivi des yeux ces Aras blancs qui se reposent sur les manguiers du tombeau de Tadj-
mabal; il aurait retrouvé tout ce qu'il eût aimé
dans son jeune âge, la gloire des palmiers, leur
feuillage et leurs fruits; il se serait associé à cet
Indien qui appelle ses parents morts aux bouches
du Gange, et dont on entend la nuit les chants
tributaires qu'accompagnent les vagues de la mer
Pacifique.

On ne sait si Rancé avait entretenu un commerce
de lettres avec l'abbesse des Clairets, comme il
en avait entretenu un avec Louise Roger de La
Mardellière, mère du comte de Charnz par Gaston.
Peut-être qu'en cherchant bien on pourrait retrouver quelques-unes des lettres que Rancé écrivait dans sa jeunesse à madame de Montbazon,
mais je n'ai plus le temps de m'occuper de ces

erreurs. Pour m'enquérir des printemps il faudrait en avoir. Viendront les jeunes gens qui auront le loisir de chercher ce que j'indique. Le
temps a pris ses mains dans les miennes; il n'y
a plus rien à cueillir dans des jours défleuris.

On trouve dans le *Menagiana* ce que Ménage
pensait de Rancé : « Je ne lis, dit-il, jamais les
» ouvrages de M. de la Trappe qu'avec admira-
» tion : c'est l'homme du royaume qui écrit le
» mieux; son style est noble, sublime, inimitable;
» son érudition profonde en matière de régularité,
» ses recherches curieuses, son esprit supérieur,
» sa vie irréprochable, sa réforme un ouvrage
» de la main du Très-Haut. »

Une lettre de madame de Maintenon, 29 juin
1698, nous apprend un voyage de son frère à la
Trappe; elle ajoute : «J'envie le bonheur de mon
» frère d'avoir vu ce qu'il y a de plus édifiant
» dans l'Église et d'avoir entendu celui dont Dieu
» s'est servi pour établir ce nombre de saints qui
» ne paraissent plus tenir à la terre. »

Ainsi tout s'occupait de Rancé depuis le génie
jusqu'à la grandeur, depuis Leibnitz jusqu'à madame de Maintenon.

Le style de Rancé n'est jamais jeune, il a laissé
la jeunesse à madame de Montbazon. Dans les

œuvres de Rancé, le souffle du printemps manque aux fleurs; mais en revanche quelles soirées d'automne! qu'ils sont beaux ces bruits des derniers jours de l'année!

Rancé a beaucoup écrit; ce qui domine chez lui, est une haine passionnée de la vie; ce qu'il y a d'inexplicable, ce qui serait horrible si ce n'était admirable, c'est la barrière infranchissable qu'il a placée entre lui et ses lecteurs. Jamais un aveu, jamais il ne parle de ce qu'il a fait, de ses erreurs, de son repentir. Il arrive devant le public sans daigner lui apprendre ce qu'il est; la créature ne vaut pas la peine qu'on s'explique devant elle : il renferme en lui-même son histoire, qui lui retombe sur le cœur. Il enseigne aux hommes une brutalité de conduite à garder envers les hommes; nulle pitié de leurs maux. Ne vous plaignez pas, vous êtes faits pour les croix, vous y êtes attachés, vous n'en descendrez pas; allez à la mort, tâchez seulement que votre patience vous fasse trouver quelque grâce aux yeux de l'Éternel. Rien de plus désespérant que cette doctrine, mélange de stoïcisme et de fatalité, qui n'est attendrie que par quelques accents de miséricorde qui s'échappent de la religion chrétienne. On sent comment Rancé vit mourir tant de ses frères sans être ému, comment il regardait le moindre soulagement offert aux souffrances comme une insigne faiblesse et presque comme un crime. Un évêque avait écrit à Rancé sur une abbesse qui avait besoin d'aller aux eaux, l'abbé lui répond :

« Le mieux que nous puissions faire, quand » nous voyons mourir les autres est de nous per- » suader qu'ils ont fait un pas qu'il nous faut faire » dans peu, qu'ils ont ouvert une porte qu'ils » n'ont point refermée. Les hommes partent de » la main de Dieu, il les confie au monde pour peu » de moments; lorsque ces moments sont expi- » rés, le monde n'a plus droit de les retenir, il » faut qu'il les rende. La mort s'avance, et l'on » touche à l'éternité dans tous les instants de la » vie. On vit pour mourir; le dessein de Dieu, » lorsqu'il nous donne la jouissance de la lumière, » est de nous en priver. On ne meurt qu'une » fois, on ne répare point par une seconde vie » les égarements de la première : ce que l'on est » à l'instant de la mort, on l'est pour toujours. »

Cette langue du dix-septième siècle mettait à la disposition de l'écrivain, sans effort et sans recherche, la force, la précision et la clarté, en laissant à l'écrivain la liberté du tour et le caractère de son génie. On trouve cette description du silence impri ée dans la vingt-neuvième instruction de Rancé :

« La solitude est peu uti'e sans le silence, car » on ne se sépare des hommes que pour parler à » Dieu, en interrompant tout entretien avec les » créatures.

» Le silence est l'entretien de la Divinité, le » langage des anges, l'éloquence du ciel, l'art de » persuader Dieu, l'ornement des solitudes sa- » crées, le sommeil des sages qui veillent, la plus » solide nourriture de la providence, le lit des » vertus; en un mot, la paix et la grâce se trou- » vent dans le séjour d'un silence bien réglé. »

Rancé serait un homme à chasser de l'espèce humaine s'il n'avait partagé et surpassé les ri- gueurs qu'il imposait aux autres : mais que dire à un homme qui répond par quarante ans de dé- sert, qui vous montre ses membres ulcérés, qui, loin de se plaindre, augmente de résignation à mesure qu'il augmente de douleur? C'était ainsi qu'il fermait la bouche à ses adversaires, que Port-Royal et tous ses saints reculaient devant lui, qu'il faisait fuir ses ennemis en leur mon- trant la tête de la pénitence. Il voulait que tous les pécheurs mourussent avec lui ; comme les fa-

meux capitaines, il ne comptait pas les morts,
mais la victoire. Je vous ai parlé de son fameux
traité *De la sainteté monastique :* dans toutes ses
pensées, extraites de ses différentes œuvres et
recueillies par Marsollier, on ne retrouve que des
redites de la même idée; c'est toujours dur, mais
admirablement exprimé.

A la tête d'un manuscrit de 206 pages à 26 lignes la page, venu d'Alençon, où ce manuscrit
avait été transporté après la destruction de la
Trappe, est écrite, par un moine, la note suivante :
« Ce livre est écrit de la propre main de notre
» révérend et très-saint père dom Armand-Jean,
» notre réformateur de la Trappe, qui, pour no-
» tre malheur, mourut le mois passé, 31 octobre
» 1700, comme il avait vécu. » Moreri cite le
26 octobre, la *Gallia christiana* le 27, une lettre
de Bossuet mentionne le 29, et la note ci-dessus
le 31 octobre. Cette note me semblerait devoir
faire autorité, et c'est ce que pense aussi le bi-
bliothécaire d'Alençon sous la date du 3 août
1819; le Père Le Nain dit formellement que Rancé
expira le 27 du mois d'octobre à deux heures
après midi, à l'âge de soixante-quinze ans, après
en avoir passé trente-sept dans la solitude. Le
manuscrit cité me semble être de la jeunesse de-

Rancé, et renferme ses études sur la Trinité, c'est-à-dire des recherches sur ce qu'en avaient dit Platon, Justin, Clément d'Alexandrie, sans oublier les hymnes d'Orphée ; grandes recherches que ne faisait point Rancé à la Trappe et qui sont visiblement de sa jeunesse. L'écriture de l'ouvrage inédit que je cote est d'un jeune homme ; le grec est facile à lire, presque toutes les lettres compliquées sont remplacées par des lettres simples. Rancé remarque que le Symbole de Nicée a ajouté au *Credo* le mot *fils*.

Rancé avait voulu l'obscurité, et c'est un moine, son compagnon, qui ne signe point, qui se trompe même d'année, ayant mis 1600 pour 1700, qui nous apprend sa mort, laquelle n'importe aujourd'hui à personne.

Rancé a écrit prodigieusement de lettres. Si on les imprimait jamais avec ses œuvres, on verrait qu'une seule idée a dominé sa vie ; malheureusement on n'aurait pas les lettres qu'il écrivait avant sa conversion et qu'au moment de sa vêture il ordonna de brûler. Ce serait seulement une étude remarquable par la différence des correspondants auxquels il s'adressa, mais toujours avec une idée fixe. Les réponses à ces lettres seraient plus variées encore et toucheraient à

15

tous les points de la vie. Il s'est formé une solitude dans les épîtres de Rancé comme la solitude
dans laquelle il enferma son cœur.

Les recueils épistolaires, quand ils sont longs,
offrent les vicissitudes des âges : il n'y a peut-
être rien de plus attachant que les longues correspondances de Voltaire, qui voit passer autour
de lui un siècle presque entier.

Lisez la première lettre, adressée en 1715 à la
marquise de Mimeure, et le dernier billet écrit
le 26 mai 1778, quatre jours avant la mort de
l'auteur, au comte de Lally-Tolendal; réfléchissez
sur tout ce qui a passé dans cette période de
soixante-trois années. Voyez défiler la procession
des morts : Chaulieu, Cideville, Thiriot, Alga-
rotti, Genonville, Helvétius; parmi les femmes,
la princesse de Bareith, la maréchale de Villars,
la marquise de Pompadour, la comtesse de Fontaine, la marquise du Châtelet, madame Denis,
et ces créatures de plaisir qui traversent en riant
la vie, les Lecouvreur, les Lubert, les Gaussin,
les Sallé.

Quand vous suivez cette correspondance, vous
tournez la page et le nom écrit d'un côté ne l'est
plus de l'autre; un nouveau Genonville, une nouvelle du Châtelet paraissent et vont, à vingt

lettres de là, s'abîmer sans retour : les amitiés
succèdent aux amitiés, les amours aux amours.

L'illustre vieillard, s'enfonçant dans ses années,
cesse d'être en rapport, excepté par la gloire,
avec les générations qui s'élèvent; il leur parle
encore du désert de Ferney, mais il n'a plus que
sa voix au milieu d'elles; qu'il y a loin des vers
au fils unique de Louis XIV :

> Noble sang du plus grand des rois,
> Son amour et notre espérance, etc.

aux stances à madame Lullin, et non pas madame
Du Deffant :

> Eh quoi! vous êtes étonnée
> Qu'au bout de quatre-vingts hivers
> Ma muse, faible et surannée,
> Puisse encor fredonner des vers!
>
> . . . .
>
> Quelquefois un peu de verdure
> Rit sous les glaçons de nos champs;
> Elle console la nature,
> Mais elle sèche en peu de temps.

Le roi de Prusse, l'impératrice de Russie, toutes les grandeurs, toutes les célébrités de la terre
reçoivent à genoux, comme un brevet d'immortalité, quelques mots de l'écrivain qui vit mourir Louis XIV, tomber Louis XV et régner
Louis XVI, et qui, placé entre le grand roi et le

15.

roi martyr, est à lui seul toute l'histoire de France de son temps.

Mais peut-être qu'une correspondance particulière entre deux personnes qui se sont aimées offre encore quelque chose de plus triste; car ce ne sont plus les *hommes*, c'est l'*homme* que l'on voit.

D'abord les lettres sont longues, vives, multipliées; le jour n'y suffit pas : on écrit au coucher du soleil; on trace quelques mots au clair de la lune, chargeant sa lumière chaste, silencieuse, discrète, de couvrir de sa pudeur mille désirs. On s'est quitté à l'aube; à l'aube on épie la première clarté pour écrire ce que l'on croit avoir oublié de dire. Mille serments couvrent le papier, où se reflètent les roses de l'aurore; mille baisers sont déposés sur les mots qui semblent naître du premier regard du soleil : pas une idée, une image, une rêverie, un accident, une inquiétude qui n'ait sa lettre.

Voici qu'un matin quelque chose de presque insensible se glisse sur la beauté de cette passion, comme une première ride sur le front d'une femme adorée. Le souffle et le parfum de l'amour expirent dans ces pages de la jeunesse, comme une brise le soir s'endort sur des fleurs : on s'en aperçoit

et l'on ne veut pas se l'avouer. Les lettres s'abrè-
gent, diminuent en nombre, se remplissent de
nouvelles, de descriptions, de choses étrangères;
quelques-unes ont retardé, mais on en est moins
inquiet; sûr d'aimer et d'être aimé, on est devenu
raisonnable; on ne gronde plus, on se soumet à
l'absence. Les serments vont toujours leur train;
ce sont toujours les mêmes mots, mais ils sont
morts; l'âme y manque : *je vous aime* n'est plus là
qu'une expression d'habitude, un protocole obligé,
le *j'ai l'honneur d'être* de toute lettre d'amour.
Peu à peu le style se glace, ou s'irrite, le jour de
poste n'est plus impatiemment attendu; il est re-
douté; écrire devient une fatigue. On rougit en
pensée des folies que l'on a confiées au papier; on
voudrait pouvoir retirer ses lettres et les jeter au
feu. Qu'est-il survenu? Est-ce un nouvel attachement qui commence ou un vieil attachement qui
finit? n'importe : c'est l'amour qui meurt avant
l'objet aimé. On est obligé de reconnaître que les
sentiments de l'homme sont exposés à l'effet d'un
travail caché; fièvre du temps qui produit la
lassitude, dissipe l'illusion, mine nos passions
et change nos cœurs, comme elle change nos
cheveux et nos années. Cependant il est une ex-
ception à cette infirmité des choses humaines;

il arrive quelquefois que dans une âme forte un
amour dure assez pour se transformer en amitié
passionnée, pour devenir un devoir, pour prendre
les qualités de la vertu; alors il perd sa défaillance
de nature, et vit de ses principes immortels.

Il ne faut pas séparer des ouvrages de Rancé
les instructions de saint Dorothée traduites du
grec pour les instructions des pères de la Trappe.
Saint Dorothée se convertit à la vue d'un tableau,
comme Énée retrouva les souvenirs de Troie dans
les palais de Carthage. Ce tableau représentait les
divers tourments des pécheurs aux enfers : une
dame d'une majesté et d'une beauté extraordi-
naires se montra tout à coup auprès de Dorothée,
lui expliqua le tableau et disparut. On voit comme
les souvenirs de Virgile s'étaient empreints jusque
dans les imaginations de l'Orient, si toutefois l'O-
rient n'était pas à la source de ces souvenirs. Les
instructions de saint Dorothée sur les jugements,
sur les accusations de soi-même, sur le souvenir
des injures, sur les habitudes, sont écrites dans
la traduction de Rancé avec onction et intérêt.
Un jour, selon une de ces histoires, un des frères
vint trouver son abbé dans le désert et lui dit :
« Ayez pitié de moi, mon père, parce que je dé-
» robe et que je mange ensuite ce que j'ai dérobé.

» — Et pourquoi? dit saint Dorothée, est-ce que
» vous avez faim?—Oui, mon père, répondit-il; ce
» que l'on donne à la table commune ne me suffit
» pas. » On doubla la pitance du solitaire, et il
dérobait toujours. Ce pauvre frère savait que le
larcin est un péché, il en pleurait, et toutefois il
se laissait entraîner.

D'Andilly n'avait laissé à Rancé que l'histoire
de Dorothée à traduire : c'était un mauvais grec
d'Asie du troisième siècle, difficile à entendre, et
dont il n'existait qu'une paraphrase infidèle. J'ai
vu entre Jaffa et Gaza le désert qu'avait habité
Dorothée : il n'y avait point les soixante-dix palmiers et les douze fontaines.

Une suite de souffrances renouvelées obligèrent
enfin Rancé de se démettre de son abbaye. On
était si abattu sous la majesté de Louis XIV, que
des solitaires mêmes ne se pouvaient empêcher de
faire entendre le langage de la flatterie usité à
Versailles. Ce n'était pas chose si aisée qu'on se
l'imagine que de faire agréer la démission d'un
trappiste; derrière cette démission se reproduisait la question de *l'abbé commendataire* ou de
l'abbé régulier. La sainteté inspirait à Rancé une
adresse particulière sitôt que se renouvelaient des
contestations : le chef de l'ordre de Cîteaux en

appelait-il au pape, Rancé en appelait au roi.
Louis XIV évoquait l'affaire à son conseil, et, sans
donner gain de cause à l'une des parties, rétablis-
sait l'équilibre. La cour se partageait; elle prenait
un vif intérêt à ces démêlés du cloître; un grand
saint avait autant de crédit qu'un grand seigneur;
une gravité commune faisait que l'austérité de la
religion communiquait de l'importance aux affaires
du monde, et que les affaires du monde donnaient
une vivacité utile aux intérêts de la religion.

Rancé avait consenti à se charger de la conduite
spirituelle de l'abbaye des Clairets, monastère de
femmes dépendant de la Trappe. Il était gouverné
par Eugénie-Françoise d'Étampes de Valence,
d'une plus illustre famille que celle de cette duchesse d'Étampes, appelée la plus savante des
belles et la plus belle des savantes. On voit dans
des lettres du temps qu'on allait à cette abbaye
par Nogent-le-Rotrou.

L'abbesse des Clairets était d'une morgue presque ridicule, même dans ces temps d'aristocratie.
Elle disait de dom Zozime qu'il ne méritait pas
seulement d'être son laquais, parce que ce n'était
que le fils d'un bourgeois de Bellème.

La visite de Rancé aux Clairets est du 16 février 1690; on possède encore, avec la carte de

sa visite, les discours d'ouverture et de clôture. L'abbesse avait fait sonner la grosse cloche de l'abbaye aussitôt que Rancé parut dans le voisinage; cloche dont le son se perdit comme mille autres dans des bois qui n'existent plus; on trouve on ne sait quel charme dans ces accents qui annonçaient à des échos, muets depuis long-temps, le passage d'un homme sur la terre. L'abbesse s'était jetée à genoux devant le Père à l'entrée de l'église. La carte de visite laissée dans le monastère faisait du bruit. Rancé avait dit que la lecture de l'ancien Testament ne convenait pas à des religieuses : « Que voulez-vous, disait-il, que » des filles obligées à une chasteté consommée » lisent le Cantique des cantiques, l'histoire de » Suzanne, celle de Juda, de Thamar, de Judith, » d'Ammon, de la violence faite à la femme du » lévite dans Gabaon, le Lévitique, Ruth? »

Lorsque Rancé s'énonçait, les religieux croyaient entendre très-sensiblement les anges chanter leurs mélodies. Sa parole était aussi persuasive que son caractère était inflexible. Elle fut pourtant écoutée presque sans fruit aux Clairets; car il détruisait par sa voix l'effet qu'il produisait par sa parole : c'est pourquoi l'on trouve une lettre rude qu'il écrivit à une religieuse de ce monastère. « Je vous

» avoue que j'ai été tout à la fois surpris de vous voir
» dans les dispositions et les pensées auxquelles
» je ne me serais point du tout attendu; car enfin
» qu'est-ce que Dieu pourrait faire davantage pour
» vous assurer contre la crainte de la mort, que
» de vous appeler dans un état qui doit vous don-
» ner de l'éloignement et du mépris pour la vie? »

Fait pour le monde, l'abbé s'en séparait par
la pénitence; mais au milieu de toutes ces douleurs de femmes, il ne s'apercevait pas qu'en voulant faire retourner l'humanité aux rigueurs de
l'Orient, il se trompait de siècle et de climat. Il
n'avait pas de corbeaux pour nourrir ses anachorètes, de palmiers pour couronner leur tête, de
lions pour creuser la fosse des Thaïs. Sa morale
tombait dans ces méprises de notre poésie qui ne
parle que de la cruauté des tigres, dans des forêts
où nous n'apercevons que des chevreuils.

Rancé retourna à la Trappe par un orage; les
tonnerres accompagnaient majestueusement les
faibles pas d'un vieillard. Les beaux temps du
christianisme étaient finis : on croit entendre se
refermer les portes d'un temple abandonné.

L'abbesse d'une abbaye de Paris ayant lu l'ouvrage *De la Sainteté et des devoirs de la vie monastique,* ne voulut plus consentir qu'on intro-

duisît la musique dans son couvent : elle en écrivit à Rancé; l'abbé répondit : « La musique ne » convient point à une règle aussi sainte et aussi » pure que la vôtre ; est-il possible que vos sœurs » soient si aveugles et aient les yeux tellement » fermés qu'elles ne s'aperçoivent pas qu'elles in- » troduiraient un abus dont elles doivent avoir » un entier éloignement ! »

Rancé était de l'avis des magistrats de Sparte : ils mirent à l'amende Terpandre pour avoir ajouté deux cordes à sa lyre. Les nonnes persistèrent ; le monde rit de ces discordes qui pensèrent renverser une grande communauté. Le ciel mit fin aux divisions, comme Virgile nous apprend que l'on apaise le combat des abeilles : un peu de poussière jetée en l'air fit cesser la mêlée. Il survint aux religieuses qui voulaient chanter, des rhumes : elles reconnurent que la main de Dieu s'appesantissait sur elles. Rancé du reste avait raison : la musique tient le milieu entre la nature matérielle et la nature intellectuelle ; elle peut dépouiller l'amour de son enveloppe terrestre ou donner un corps à l'ange : selon les dispositions de celui qui les écoute, ses accords sont des pensées ou des caresses. A peine les poètes chrétiens de l'antiquité ont-ils permis qu'on fît entendre cette mélodie après eux, lorsqu'ils avaient réuni leur vie aux faisceaux des lyres brisées.

Des médailles et des portraits de l'abbé de Rancé s'étant répandus, donnèrent naissance à de nouvelles calomnies; on le traita de superbe qui voulait éterniser sa mémoire. On fit courir des médailles portant d'un côté ces mots : *Restaurator monachorum ;* et de l'autre un moine mal fait avec cette devise : *Labor improbus.*

Le P. Lami, un des commensaux de la Trappe, était demi-philosophe; il différait de Rancé sur beaucoup de sujets; il passait pour être l'homme de son ordre qui écrivait le mieux en français : il avait développé avec clarté les idées de Descartes. Au sujet des *Etudes monastiques,* il eut une discussion avec Rancé devant madame de Guise, et Mabillon raconte que Lami l'emporta sur Rancé (1). Un ordre de Louis XIV imposa silence aux partis.

S'il y a des libelles imprimés contre Rancé, il y en a d'autres qui sont restés manuscrits, en particulier une dissertation sur *les humiliations,* par l'abbé Leroy; elle se trouve à la bibliothèque de Sainte-Geneviève. L'abbé de Rancé répondait : « Vous savez combien de fois on m'a fait mort;

_____

(1) Premier volume des Œuvres posthumes de Mabillon.

» on a vu que je ne laissais pas de vivre; on s'a-
» vise de dire que la vie de l'esprit est éteinte en
» moi; que véritablement j'ai une âme, mais que
» je ne raisonne plus. » On le pressait de mitiger
la discipline de la Trappe, il répondait par ces
quatre mots des Machabées : « *Moriamur in sim-*
» *plicitate nostra.* » On l'invitait à écrire les devoirs du chrétien, comme il avait écrit les devoirs
de la vie monastique ; il en traça des pages, puis
il s'arrêta, disant : « Il ne me reste que quelques
» instants à vivre ; le meilleur usage que j'en
» puisse faire, c'est de les passer dans le silence. »

Rancé habita trente-quatre ans le désert, ne
fut rien, ne voulut rien être, ne se relâcha pas
un moment du châtiment qu'il s'infligeait. Après
cela put-il se débarrasser entièrement de sa nature? ne se retrouvait-il pas à chaque instant
comme Dieu l'avait fait? Son parti pris contre
ses faiblesses a fait sa grandeur ; il avait composé
de toutes ses faiblesses punies un faisceau de
vertus. Selon l'historien de Saint-Luc, saint Bernard bâtit son édifice sur le fondement d'une
grande innocence; Rancé, sur les ruines de son
innocence perdue mais réparée.

Le rhumatisme qui d'abord lui avait saisi la
main gauche, se jeta sur la droite, dans laquelle

le chirurgien de madame de Guise travailla. Cette
main devint inutile et contrefaite. Le malade avait
une répugnance extrême de toute nourriture.
Affligé d'une toux insupportable, d'une insomnie
continuelle, de maux de dents cruels, d'enflures
aux pieds, il se vit réduit pendant près de six années à passer ses jours à l'infirmerie dans une
chaise, sans presque jamais changer de posture.
Un frère convers le pressant de prendre un peu
de nourriture, Rancé dit avec un sourire : « Voilà
» mon persécuteur. » Il n'employait ses frères
qui regardaient comme un bonheur de le servir,
qu'avec une extrême discrétion. Il souffrait la
soif n'osant leur demander à boire de peur de les
fatiguer. Lorsqu'on lui avait donné quelque
chose, il en témoignait aussitôt sa reconnaissance
par une inclination de tête en se découvrant. Il
souffrait des douleurs aiguës que l'on n'aurait pas
remarquées si l'on n'eût aperçu quelque changement sur son visage. Il avait fait mettre vis-à-vis
de sa chaise dans l'infirmerie ces paroles du
prophète : « Seigneur, oubliez mes ignorances et
» les péchés de ma jeunesse. » Ce fut pendant
cette perpétuelle agonie qu'il composa son livre
intitulé : *Réflexions sur les quatre évangélistes.*

Rancé ne rencontra pas toujours des Mabillon,

il eut des adversaires plus ignorants, par conséquent plus sûrs d'eux-mêmes. On lui apporta un
matin une satire contre sa personne ; il la lut, loua
ce qu'il y trouva de bien et dit : « Voilà une
» excellente préparation pour la messe. » Il allait
à l'autel.

Dans le remuement des choses diverses dont il
avait été si long-temps le témoin, il avait toujours
conservé sa paix. Pendant ses voyages, il se dé-
tournait le plus qu'il pouvait des grands chemins.
Il suivait des sentiers au milieu des blés, tenant
les yeux attachés sur le soleil prêt à se coucher
parmi les moissons. Si par hasard il rencontrait
quelque banne, il demandait la permission d'y
monter. « Ce serait plutôt à moi, disait-il, de
» conduire cette charrette qu'à ce paysan, parce
» que, quoiqu'il soit pauvre, c'est un homme de
» bien. Moi, je suis toujours le plus malheureux
» de tous les pécheurs. » Il avertit ses frères des
maux dont la maison était menacée. A l'anniver-
saire de sa profession d'abbé, des moines assemblés en chapitre firent à genoux cette protesta-
tion : « Nous protestons de garder notre sainte
» règle dans toute son étendue. » Rancé commença : il renonça de nouveau au monde pour
ne s'occuper que des années éternelles.

Les solitaires écrivirent en même temps au pape :

« Il y a plusieurs années, très-saint père, que
» nous jouissons d'un grand et précieux trésor
» dans la personne de notre père abbé; mais il va
» nous être enlevé si votre sainteté ne se hâte
» de nous secourir. Il va à la mort avec joie; il
» ne veut rien prendre de ce qui pourrait réparer
» ses forces; il chante avec l'apôtre : **Si la maison**
» **de terre que nous habitons vient à se dissou-**
» **dre, Dieu nous donnera dans le ciel une de-**
» **meure qui durera éternellement.** Qu'il nous sur-
» vive, qu'il nous ferme les yeux ! » Le cardinal
Cibo répondit au nom du pape que sa sainteté or-
donnait que l'abbé de la Trappe eût à suspendre
des austérités qui compromettaient sa vie.

Le 2 de novembre de l'année 1694, Rancé mandait à l'abbé Nicaise : « Voilà M. Arnauld mort
» après avoir poussé sa carrière aussi loin qu'il l'a
» pu. Il a fallu qu'elle se soit terminée ; voilà bien
» des questions finies. L'érudition de M. Arnauld
» et son autorité étaient d'un grand poids pour le
» parti heureux qui n'en a point d'autre que celui
» de Jésus-Christ; qui, mettant à part tout ce qui
» pourrait l'en séparer ou l'en distraire, même
» pour un moment, s'y attache avec tant de fer-

» meté que rien ne soit capable de l'en dépren-
» dre. » Ce passage de la lettre de Rancé, si dif-
férent de ce qu'il avait écrit à M. de Brancas sur
Arnauld, étant connu, ressuscita toutes les ardeurs.
Rancé lui même fut surpris du fracas que causaient
ces quatre lignes. Au milieu de cette agitation,
il écrivit de nouveau, le 27 janvier 1695, à l'abbé
Nicaise : « J'ai reçu depuis deux jours une lettre
» de plus de vingt pages de votre bon ami le Père
» Quesnel : elle est toute remplie d'une dureté et
» d'une vivacité incompréhensibles; il prétend
» me prouver que j'ai flétri le nom de M. Arnauld,
» que je lui ai donné un coup de poignard après
» sa mort, que j'ai fait, autant qu'il était en mon
» pouvoir, une plaie mortelle à sa mémoire, et
» une infinité d'autres choses plus violentes les
» unes que les autres. Je n'ai jamais entendu par-
» ler d'une imagination aussi extraordinaire.
» Quand j'aurais écrit un volume contre la vie, la
» conduite et les sentiments de M. Arnauld, que
» je me fusse servi pour cela des expressions les
» plus injurieuses, il ne me traiterait pas d'une
» autre manière; il me demande des rétractations
» et des déclarations publiques, comme si j'avais
» de mon plein pouvoir rejeté hors de l'Église
» M. Arnauld après sa mort; il ajoute que toute la

16

» France attend une réparation de ma part, et si
» j'avais mis le feu à Port-Royal ou que je l'eusse
» renversé de fond en comble, il ne m'en dirait
» pas davantage. »

Rancé avait raison, il n'avait pas mis le feu à
Port-Royal : quant à la convenance de ses prévi-
sions, c'était une convenance que se donnent facilement les hommes accoutumés à se servir de la
plume. Pour ce qui est du grand Arnauld dont on
ne lit plus les ouvrages, les dernières années de
sa vie avaient affaibli le sérieux qui lui servait de
bouclier. Caché à l'hôtel de Longueville, déguisé
sous un habit gris, l'épée au côté, affublé d'une
grande perruque, le vieux janséniste était nourri
dans une chambre haute par l'aventurière de la
Fronde. Il commettait mille imprudences. Madame
de Longueville disait qu'elle aurait mieux aimé
confier ses secrets à un libertin. Il ne voulait point
de paix ; il avait, disait-il, pour se reposer l'éternité tout entière. Lorsqu'on jouit d'une imposante
renommée, il faut éviter les travestissements peu
dignes.

Au surplus les vertus de Rancé ôtaient la force
à tous ses ennemis. Le P. Quesnel même, désa-
vouant la lettre haute qu'il avait écrite à l'abbé

de la Trappe, disait : « Ce n'est pas seulement
» parce qu'il y a plus de trente ans que je fais pro-
» fession de l'honorer, mais plus encore parce
» qu'on doit du respect à l'esprit de Dieu qui règne
» dans ses serviteurs, de ne les pas contrister, de
» ne pas nuire à ces hommes en diminuant la ré-
» putation des ouvriers qu'il a daigné employer ;
» je puis bien ne pas convenir de leur sentiment
» ni approuver toutes leurs démarches, mais je
» ne me dois jamais dispenser de les traiter avec
» respect »

Les tracasseries continuaient contre Rancé auprès et au loin, et il disait : *Ego sum vermis et
non homo.* On voit des couplets contre lui dans le
Recueil de chansons (1).

Un témoin, ami de Rancé, le P. Le Nain, nous
décrit ainsi ses travaux et les inquiétudes de son
monastère :

« Qui l'aurait pu croire, dit-il, si on ne l'avait vu
» de ses yeux ! cet homme, qui semblait ne vivre
» que de souffrances et de peines, comme s'il eût
» eu un corps de diamant et tout à fait insensible,

---

(1) Recueil de chansons, vol. VII, pag. 77, en 1692, vers sur
Armand-Jean Le Bouthillier de Rancé, abbé régulier de Notre-
Dame de la Maison-Dieu de la Trappe de l'Étroite Observance de
Cîteaux.

16.

» ou plutôt s'il eût été un pur esprit, était toujours
» dans l'action du matin jusqu'au soir ; il écrit, il
» dicte des lettres, il compose ses ouvrages, il
» étudie ; il écoute ses religieux, répond à toutes
» leurs difficultés ; il conduit quatre - vingts per-
» sonnes qui composent sa communauté, tant no-
» vices que profès ; il ordonne tout ce qui les re-
» garde, soit pour leur intérieur, soit pour leurs
» besoins extérieurs. Tantôt il va à l'infirmerie,
» de l'infirmerie aux hôtes, des hôtes au cloître,
» et du cloître vers ses frères ; tantôt il visite les
» cellules pour voir si chacun s'occupe, tantôt il
» descend au chœur pour examiner avec quelle
» piété on y célèbre les divins offices, et tantôt il
» retourne à sa chambre où quelque frère l'attend ;
» mais souvent il y retourne tellement fatigué
» qu'il ne peut plus se soutenir sur ses pieds, et à
» peine y est-il un moment qu'une visite d'hôte
» l'oblige d'en sortir : il ne discontinue pas même
» ses occupations dans le temps destiné au repos.
» On le voit, entre les Matines et Prime, faire un
» tour dans le monastère, ou aller à la cour des
» frères convers, ou parcourir le dortoir pour
» voir si chacun est couché ; car il disait que ce
» n'était pas une moindre faute contre la règle
» de ne se pas retirer pour se reposer sitôt que

» la retraite est sonnée, que de ne se pas lever
» aussitôt qu'on entend la cloche du réveil. »

A ces fatigues du corps Rancé joignait celles de
l'esprit, ressentant dans son âme toutes les peines
et toutes les tentations de ses enfants, leurs faiblesses et leurs misères ; et comme un autre saint
Paul, se faisant tout à tous, il les portait dans ses
entrailles ; il était triste avec ceux qui l'étaient,
malade avec les malades, se chargeant par le pur
effet de sa charité de tous leurs maux corporels
et spirituels.

Ses amis lui représentaient qu'il prenait trop de
peine pour un monastère qui ne subsisterait pas ; il
répondait : « La Trappe aura la durée qu'elle doit
» avoir selon les déterminations éternelles. Si
» l'on s'était conduit dans les âges supérieurs par
» cette considération qu'il n'y a rien qui ne change,
» on se serait tenu dans l'inaction, le champ de
» Jésus-Christ serait un désert stérile privé de tous
» ces grands ouvrages qui en font l'ornement et la
» beauté. Dieu se moque de la diligence des hom-
» mes qui prennent tant de peine pour conserver
» leur vie à la veille de leur mort. »

Le serviteur de Dieu fut exposé aux épreuves
dont les histoires de ces temps nous parlent ; histoires qu'on retrouve dans tous les monastères et

que Rancé avait souvent rappelées dans les Vies particulières de quelques-uns de ses religieux. Un jeune possédé avait déclaré que des légions de démons assiégeaient la Trappe. On croyait qu'il n'y avait point de solitude vide ; on habitait au milieu d'un monde d'esprits ; mais ces esprits avaient leur domicile dans les cloîtres : le merveilleux achevait d'agrandir la poésie. Rancé oyait des bruits aigres et perçants ; ses moines lui racontaient qu'ils éprouvaient, la nuit, les secousses d'une force étrangère. On entendait dans les dortoirs des tintamarres affreux, comme des personnes qui se battaient ; on frappait aux portes des cellules, ou bien il semblait qu'un homme marchât seul à grands pas ; une main de fer passait et repassait sur le chevet des lits.

Faut il attribuer ces effets aux tempêtes de la nuit dans les désolations de la Trappe, ou aux illusions de l'astrologie que dom Le Nain reprochait à Rancé? Étaient-ce des gestes de cette femme que le Père de la Trappe avait vue à Véretz au milieu des flammes, ou enfin était-ce le ressac des flots du temps contre le rivage de l'éternité? Rancé se préparait à exorciser la maison ; mais vers la fin de l'année 1683 les bruits cessèrent.

Les soucis intérieurs de la communauté n'em-

pêchaient nullement Rancé de s'occuper de ce qui
se passait au dehors; il prit une grande part à la
mort de la princesse palatine, arrivée au mois de
juillet 1684. Anne de Gonzague de Clèves avait
plusieurs fois consulté Rancé sur des difficultés de
conscience; son nom rappelait un charmant ouvrage de madame de La Fayette, et c'est sur Anne
de Gonzague que Bossuet a composé une de ses
plus belles Oraisons funèbres. Après s'être plongée
dans les idées du siècle, idées qui s'éloignaient
du temps où elle vivait, la princesse palatine avait
commencé par les idées cartésiennes; de là elle
avait passé à ne plus rien croire, et ayant achevé
le tour du cadran, elle avait remonté elle-même
vers la religion comme plusieurs esprits-forts ou
libertins de cette époque. Dans son séjour en
France elle avait vu la Fronde, qui, selon Bossuet,
était un travail de la France prêt à enfanter le
règne miraculeux de Louis.

« Et qu'avaient-ils vu, s'écrie le grand orateur,
» rappelant la philosophie de la princesse pala-
» tine, qu'avaient-ils vu ces rares génies plus que
» les autres? Ils n'ont rien vu, ils n'entendent rien,
» ils n'ont pas même de quoi établir le néant au-
» quel ils aspirent après cette vie. »

Bossuet conte ce que la princesse palatine ra-

conta elle-même au saint abbé. « Une nuit, dit-
» elle, que je croyais marcher seule dans une fo-
» rêt, je rencontrai un aveugle dans une petite
» loge; je lui demandai s'il était aveugle de nais-
» sance, ou s'il l'était devenu par accident. Il me
» répondit qu'il était né aveugle. Vous ne savez
» donc pas, lui dis-je, ce que c'est que la lumière
» qui est si belle et si agréable? Non, me répon-
» dit-il, cependant je ne laisse pas de croire que
» c'est quelque chose de très-beau. Alors il me
» semblait que cet aveugle changea tout à coup
» de voix, et me parlant avec autorité, me dit :
» Cela doit vous apprendre qu'il y a des choses
» excellentes quoiqu'on ne les puisse compren-
» dre. »

Bossuet, dans son Oraison funèbre, parle de
son ami Rancé : « Un saint abbé dont la doctrine
» et la vie sont un ornement de notre siècle, ravi
» d'une conversion aussi admirable et aussi par-
» faite que celle de notre princesse, lui ordonna
» de l'écrire pour l'édification de l'Église; elle
» commence ce récit en confessant son erreur :
» Vous, Seigneur, dont la bonté infinie n'a rien
» donné aux hommes de plus efficace pour effacer
» leurs péchés que la grâce de les reconnaître,
» recevez l'humble confession de votre servante. »

Anne de Gonzague était une de ces mortelles dont la beauté avait rôdé dans les bois de la Trappe. Elle se mêla, dit madame de Motteville, à presque tout ce qui se fit alors, elle soutint le cardinal de Mazarin qui n'en fut pas fort reconnaissant. On a une lettre d'elle, insérée parmi les lettres de Bussy-Rabutin. Malheureusement on n'a pas les autres lettres qu'elle écrivit à la maréchale de Guébriant, ni le traité sur *l'Art de juger la vérité des sentiments*. Les dames philosophes de ce temps, qui déclinèrent peu à peu vers le matérialisme, commencèrent par être cartésiennes et s'en allaient à Dieu, les pensées inclinées vers la raison, au lieu de les lui remettre comme des fleurs. Anne de Gonzague n'était pas insensible à l'argent; elle avait reçu des sommes assez considérables pour faire réussir des mariages qui n'eurent pas lieu. Elle ne rendit point ces sommes, ou présenta des comptes qui les absorbaient.

Après sa mort, la princesse palatine fut enterrée au Val-de-Grâce, à côté de Bénédicte, sa sœur. Elle avait fait de ses propres mains un grand tableau de saint Bernard pour le fond d'un autel consacré à la Trappe. Quand on exhuma les morts, les déterreurs insultèrent ces dépouilles, comme on jette au vent des feuilles de roses séchées.

Rancé, au milieu de toutes ces tribulations, n'avait d'autre refuge que la patience chrétienne. On écrivit contre lui, on prêcha même contre lui; on attaqua sa doctrine et sa conduite; on s'efforça de le faire passer pour un hérétique ou pour un fanatique; on publia qu'il tenait dans son monastère des assemblées contre la religion et contre l'État. La Trappe fut au moment d'être détruite comme Port-Royal : Rancé, au milieu de toutes ses afflictions d'esprit, fut livré à des infirmités qui ne lui permettaient aucun repos; il fut maltraité de ceux-là même auxquels il avait fait le plus de bien. Quand on le pressait de manger, il disait aux frères convers : « Vous serez cause » que je mourrai dans l'impénitence finale. » Apercevant un de ses religieux qui souvent lui avait fait la même prière, il dit en souriant : « Voilà mon persécuteur. » Arrivé à ce comble de douleur qu'il avoit tant désiré pour ressembler à Jésus-Christ son maître, on lui proposait de le guérir par le secours des médecins : « Je suis, » répondit-il, entre les mains de Dieu; c'est lui » qui donne la vie, c'est lui qui l'ôte : il saura bien » me guérir si sa volonté est que je vive. Mais

» pourquoi bon me guérir? A quoi suis-je bon?
» Que faisais-je en ce monde, qu'offenser Dieu? »
Quand il y avait quelque relâche à ses souffrances
et qu'on le félicitait, il disait : « De quoi me féli-
» citez-vous? de ce que je suis retenu en prison,
» de ce que, mes liens étant près de se rompre,
» on m'a chargé de nouveaux fers? »

Rancé brûla une quantité de lettres remplies
de témoignages d'admiration; il en conserva
d'autres en marge desquelles étaient écrits de sa
main ces deux mots : *Lettres à garder*. C'étaient
des lettres diffamatoires contre lui. Était-ce humilité ou orgueil? Le P. de Monty était venu le
voir, et le força d'appeler un médecin. « Il faut
» s'écrier comme Job, disait-il : Que celui qui a
» commencé achève de me réduire en poussière. »
On le conjurait de quitter pour quelque temps
l'air de sa retraite. « J'ai dit en entrant ici, répondait-il : *Hæc requies mea.* »

A ceux qui lui objectaient le peu de certitude
de la durée de la Trappe, il répondait : « Elle
» durera ce qu'elle doit durer. Si, dans les âges
» supérieurs, on s'était conduit par cette consi-
» dération qu'il n'y a rien qui ne soit sujet à la
» décadence, où en sera aujourd'hui le champ
» de Jésus-Christ? »

Au mois d'octobre 1695, Rancé envoya sa démission au roi : on remarqua ces mots touchants
dans sa lettre : « Sire, comme je me sens pressé
» d'exécuter le dessein que Dieu m'inspire depuis
» long-temps de passer ma vie dans une retraite
» austère, et de me préparer à la mort; que ma
» santé, qui diminue tous les jours, me met dans
» l'impuissance de donner toute l'application
» que je dois à la conduite de mes frères, m'a-
» vertit que mes derniers moments ne peu-
» vent être éloignés, j'ai cru que le premier pas
» que je devais faire était de quitter la charge
» de cette abbaye que je tiens de votre bonté
» royale, en vous envoyant, comme je fais, la
» démission pure et simple. »

Louis XIV reçut cette démission des mains de
M. de Paris; il dit à l'archevêque : « Renvoyez à
» la Trappe le frère porteur de la lettre; que
» M. l'abbé examine la chose devant Dieu, et qu'il
» me dise sincèrement ce qu'il croit être le mieux.»
L'archevêque de Paris manda à Rancé : « Je vous
» félicite de tout mon cœur de tous les engage-
» ments qui ont accompagné la grâce que le roi
» vous a faite dans cette dernière rencontre; j'y
» ai pris toute la part imaginable comme le plus
» passionné et le plus fidèle de vos serviteurs. »

Le roi nomma pour remplacer Rancé dom Zozime, prieur de ladite abbaye et ami de Rancé. Les bulles étant arrivées de Rome, le 19 septembre de l'année 1696, le nouvel abbé fut installé le 28 du même mois. L'ancien abbé, pouvant à peine se soutenir, se prosterna aux pieds du nouvel abbé et lui dit : « Mon Père, je viens vous » promettre l'obéissance que je vous dois en » qualité de mon supérieur, et vous prier de me » traiter comme le dernier de vos religieux. » L'abbé Zozime tomba à genoux et lui répondit : « Et moi, mon Père, je vous renouvelle l'o- » béissance que je vous ai vouée dès mon entrée » dans cette sainte maison. » Majestueuse abnégation, et qui donnait une proportion inconnue à la nature humaine. Ce n'était point deux hommes à genoux l'un devant l'autre, c'étaient deux saints appartenant à ces visions que l'on entrevoit dans les enfoncements du ciel.

Rancé, devenu simple religieux, continua d'édifier par ses exemples le monastère qu'il avait rendu saint par ses ordres. A Rancé abattu et par conséquent plus puissant, Bossuet continua de s'adresser pour le soulagement spirituel de ses amis : « Je vous recommande, lui écrivait-il, trois

» de mes principaux amis, et qui m'étaient le
» plus étroitement unis depuis plusieurs années,
» que Dieu m'a ôtés dans quinze jours par des ac-
» cidents divers. Le plus surprenant est celui qui
» a emporté l'abbé de Saint-Luc, qu'un cheval a
» jeté par terre si rudement qu'il en est mort une
» heure après à trente-quatre ans. »

Dom Zozime disparut vite. « Un carme dé-
» chaussé s'était jeté à la Trappe depuis plusieurs
» années; il s'appelait dom Gervaise : ses talents,
» sa piété séduisirent M. de la Trappe, et le té-
» moignage de M. de Meaux acheva de le déter-
» miner. Le nouvel abbé, continue Saint-Simon,
» ne tarda pas à se faire mieux connaître après
» qu'il eut eu ses bulles; il se crut un personnage,
» chercha à se faire un nom, à paraître et à n'être
» pas inférieur au grand homme auquel il devait
» sa place et à qui il succédait. Au lieu de le con-
» sulter, il en devint jaloux, chercha à lui ôter la
» confiance des religieux, et, n'en pouvant venir
» à bout, à l'en tenir séparé. Il arriva que dom Ger-
» vaise tomba dans une faute : l'abbé de la Trappe,
» épouvanté, le fit chercher partout, et craignit
» qu'il ne fût allé se jeter dans les étangs. On le
» trouva caché sous les voûtes de l'église et bai-
» gné de larmes : il offrit sa démission. M. de la

» Trappe, qui jusqu'alors ne l'avait point voulu
» accepter, l'accepta. Bientôt dom Gervaise voulut
» retirer sa démission; il alla parler à Fontaine-
» bleau au P. Lachaise, se prévalant d'un certi-
» ficat que lui avait donné l'ancien abbé et disant
» que l'esprit de M. de la Trappe était tout à fait
» affaibli, qu'il avait auprès de lui un secrétaire
» extrêmement janséniste. Le P. Lachaise eut
» peur, il changea d'opinion sur l'ancien soli-
» taire. »

Saint-Simon vit M. de Chartres; M. de Chartres
en écrivit à madame de Maintenon. Frère Chau-
vier, envoyé à la Trappe, assura qu'il avait trouvé
tout entier l'esprit de l'ancien abbé. La démission de dom Gervaise fut maintenue; pendant ce
temps-là dom Gervaise écrivait en chiffres à une
religieuse qu'il avait aimée. « C'était un tissu de
» tout ce qui peut s'imaginer d'ordures et les plus
» grossières, » dit Saint-Simon.

Voilà de ces passages qui détruisent l'autorité
de la vérité dans les Mémoires de Saint-Simon.
Imaginer qu'un religieux de la Trappe ose écrire
de pareilles choses à une religieuse même en
chiffres, est une telle absurdité qu'on ne saurait
le croire. S'il y a quelque chose de vrai dans
toutes ces ribauderies, il serait plus simple d'i-

maginer que le déchiffreur a voulu s'amuser et amuser ses maîtres. Tous les autres écrivains du temps parlent de dom Gervaise comme d'un homme d'imagination, qui mérita peut-être la sévérité de Louis XIV, mais aucun ne raconte de lui ce qu'en dit Saint-Simon. L'amitié a ses excès, et dans ce temps la parole ne ménageait ni ses pensées ni ses expressions.

Le roi, avançant à travers ces démêlés, nomma à l'abbaye de la Trappe dom Jacques de Lacour, après avoir envoyé le P. de Lachaise prendre des informations auprès de Rancé. Louis XIV descendait à ces détails de la société d'alors, comme Bonaparte entra dans les menues choses de la société d'aujourd'hui ; mais il y avait cela de grand dans la société passée, qu'elle s'appuyait à l'autel.

Le quiétisme était né dans l'année 1694, et il continua dans sa force jusqu'à l'année 1697. « Ce » monde, dit Bossuet, semblait vouloir enfanter » quelque étrange nouveauté : il faut aimer, di- » sait ce monde, comme s'il était sans rédemp- » tion et sans Christ. »

Le nom de madame Guyon se trouvait mêlé à la controverse. Née à Montargis, elle avait pu voir en naissant le tombeau de Jean l'aveugle,

» tout ce qui me regarde ne put se laisser per-
» suader à ce que je lui demandais. On a décou-
» vert que son livre s'imprimait à Lyon ; et on a
» enlevé tous les exemplaires par ordre de M. le
» chancelier. Vous jugez bien de la peine qu'en a
» eue l'auteur. Il ne se peut pas que je ne la ressente
» vivement, y étant obligé par justice et à titre
» de reconnaissance. »

Le *pauvre homme* riait.

Dans l'*Apologie de l'abbé de la Trappe*, Thiers
tombe sur le Père Sainte-Marthe ; il se gau-
dissait de lui comme ayant dit que madame de
Maintenon lui faisait l'honneur de le regarder comme son parent. L'apologie est écrite
avec vivacité. L'apologiste cite des vers ridi-
cules contre Rancé, écrits, dit-il, par le premier des poètes bénédictins. Thiers, se justifiant
lui-même, assure qu'on serait moins acharné
contre lui s'il ne s'était élevé contre les archidia-
cres, dans son livre de l'*Étole,* dans son traité de
la *Dépouille des curés* et dans son *Factum* contre
le chapitre de Chartres. Il finit son apologie,
trop longue puisqu'elle est composée de 511 pages, pour la défense de Rancé, par ces mots :
« En voilà assez, mon révérend père Sainte-
» Marthe, pour vous faire rentrer en vous-même,

17

» et vous retirer de la bonne opinion que vous
» avez de votre petite personne. »

Thiers était curé de Champron. Dans une
foule de pamphlets français et latins contre le
chapitre de Chartres, Thiers avait attaqué le
grand-archidiacre de ce chapitre. Robert pré-
tendait qu'un curé ne pouvait porter l'étole
devant lui ; Thiers écrivit la *Sauce Robert* et la
Sauce Robert justifiée. Le chapitre de Chartres
obtint un décret d'arrestation contre le curé.
Thiers donna à boire aux archers ; et ayant
secrètement fait ferrer son cheval à glace, il leur
échappa en passant sur un étang glacé : il se ré-
fugia dans le diocèse du Mans. L'évêque, de Tres-
san, nomma Thiers curé de Vibraye ; et c'est là que
le curé fugitif et renouvelé écrivit l'*Histoire des
perruques*. Thiers se montra aussi savant, aussi
joyeux que le curé de Meudon, *abstracteur de la
vie inimitable du grand Gargantua*. Son choix
eût été bientôt fait, si on eût proposé à Thiers
d'être Rabelais ou roi de France. C'étaient là les
petites pièces qui se jouaient à la suite du grand
drame de la Trappe.

Une demoiselle Rose était venue à la Trappe.
Thiers avait été chargé d'examiner cette demoiselle ; il lui demanda « si elle était mariée, » elle
répondit « qu'elle ne s'en souvenait pas. »

« C'était une vieille Gasconne, dit Saint-Si-
» mon, ou plutôt du Languedoc, qui avait le
» parler à l'excès, carrée, entre deux tailles,
» fort maigre, le visage jaune, extrêmement
» laid, des yeux très-vifs, une physionomie ar-
» dente, mais qu'elle savait adoucir; vive, élo-
» quente, savante, avec un air prophétique qui
» imposait. Elle dormait peu et sur la dure; ne
» mangeait presque rien, assez mal vêtue, pauvre
» et qui ne se laissait voir qu'avec mystère. Cette
» créature a toujours été une énigme; car il est
» vrai qu'elle était désintéressée, qu'elle a fait de
» grandes et surprenantes conversions, qui ont
» tenu. »

Six semaines durant M. de la Trappe se défendit de voir Mlle Rose. Elle partit comme elle
était venue.

La Bruyère fait ainsi le portrait d'un autre
homme qui fréquentait la Trappe :

« Concevez, dit La Bruyère, un homme facile
» et doux, complaisant, traitable, et tout d'un
» coup violent, colère, fougueux, capricieux :
» imaginez-vous un homme simple, ingénu, cré-
» dule, badin, volage, un enfant en cheveux gris;
» mais permettez-lui de se recueillir, ou plutôt
» de se livrer à un génie qui agit en lui, j'ose
» dire sans qu'il y prenne part et comme à son insu,

17.

» quelle verve! quelle élévation! quelles images!
» quelle latinité! Parlez-vous d'une même per-
» sonne? me direz-vous. Oui, du même, de Théodas
» et de lui seul. Il crie, il s'agite, il se roule à terre,
» il se relève, il tonne, il éclate; et du milieu de
» cette tempête il sort une lumière qui brille et
» qui réjouit; disons-le sans figure, il parle comme
» un fou et pense comme un homme sage, il dit
» ridiculement des choses vraies, et follement des
» choses sensées et raisonnables; on est surpris de
» voir naître et éclore le bon sens du sein de la bouf-
» fonnerie, parmi les grimaces et les contorsions.
» Qu'ajouterai-je davantage? il dit et il fait mieux
» qu'il ne sait : ce sont en lui comme deux âmes
» qui ne se connaissent point, qui ne dépendent
» point l'une de l'autre, qui ont chacune leur tour
» ou leurs fonctions toutes séparées. Il manque-
» rait un trait à cette peinture si surprenante,
» si j'oubliais de dire qu'il est tout à la fois avide
» et insatiable de louanges, près de se jeter aux
» yeux de ses critiques, et dans le fond assez
» docile. »

Santeuil, dont La Bruyère trace ainsi le portrait,
allait à la Trappe et s'asseyait au chœur parmi les
moines comme un petit sapajou. « J'ai vu, dit
» Rancé à l'abbé Nicaise, les hymnes de M. de
» Santeuil pour le jour de Saint-Bernard; elles

» valent beaucoup mieux que les anciennes. Il y
» en a pourtant de ces anciennes qui, pour n'être
» pas si polies, ne laissent pas d'imprimer du res-
» pect et de la révérence. »

Santeuil, allant à Dijon avec le prince de Condé,
fut attaqué du mal dont il mourut. « Je loue Dieu
» de la patience qu'il a donnée à M. de Santeuil
» dans un mal aussi douloureux que celui dont il
» a été attaqué. Tout ce qui part de sa plume a un
» caractère qui frappe et qui plaît tout ensemble ;
» je ne doute point qu'il ne se fasse remarquer
» dans ses derniers vers, qui peuvent être consi-
» dérés comme une production de sa douleur. »
Ce moine de Saint-Victor mourut à Dijon le 5
d'août 1697, à deux heures après minuit. Au
même moment Ménage, qui ne le croyait pas si
malade, s'amusait à faire des vers sur sa mort pour
les montrer à Santeuil et le faire rire. Ayant fait
un voyage à Cîteaux, Santeuil y cherchait la Mollesse du *Lutrin :* «Elle y logeait autrefois, lui dit un
« moine, aujourd'hui c'est la folie. »

Après le roi d'Angleterre, Monsieur, frère du
roi, vint visiter la Trappe. Dans l'enthousiasme
de ce qu'il avait vu, il dit à Louis XIV « que la vie
» qu'on menait dans cette solitude n'édifiait pas
» seulement la France, mais toute l'Europe, et
» qu'il était avantageux à l'État de la mainte-

» nir. » Monsieur était tout le contraire de la sublimité de cette vie ; il fut père du duc d'Orléans. Il avait d'effroyables mœurs dont aurait pu témoigner le chevalier de Lorraine, de la fière maison des Guise. Plongé dans le repos, il s'abandonna à des femmes dont madame de Fresnes lui disait : « Vous ne déshonorez pas les femmes qui » vous hantent, ce sont elles qui vous déshono- » rent. » Il se donnait la détestable privauté d'étendre la main sur un siège où venait s'asseoir une femme. Il était fou du bruit des cloches ; il empoisonna peut-être sa première femme, Henriette d'Angleterre. Sa seconde femme fut Charlotte-Élisabeth, fille de Charles-Louis, électeur de Bavière. Celle-ci, aussi laide que Henriette avait été agréable, était grossière : elle avait beaucoup d'esprit en allemand ; elle est connue par le cynisme avec lequel elle parle d'elle-même et du grand roi son beau-frère. Elle écrivait : « Dans » tout l'univers entier on ne peut, je crois, trou- » ver de plus laides mains que les miennes ; mes » yeux sont petits, j'ai le nez court et gros, les » lèvres longues et plates, de grandes joues pen- » dantes, une figure longue ; je suis très-petite de » stature ; ma taille et ma jambe sont grosses. » S'étant arrangée de cette façon, on peut juger qu'elle était à l'aise pour parler de son prochain ;

une imagination romanesque était renfermée dans
ce qu'elle appelle ce vilain petit laideron.

Le cardinal de Bouillon suivit Monsieur. « Sa
» naissance, dit Pellisson, ses mœurs, son esprit
» le rendaient dignes d'être cardinal, et le roi
» cherchait à récompenser et à honorer par cette
» faveur les services du vicomte de Turenne dans
» la personne de son neveu. » « Ce n'est pas l'opinion de Saint-Simon qui maltraite fort le cardinal
de Bouillon, assurant qu'il avait des mœurs in-
fâmes : ses regards louches venaient se rejoindre
et s'arrêter au bout de son nez. Dépouillé du cordon bleu par le roi, il le portait sous ses habits.
Exilé à Clauk, il passa chez les ennemis; de là il
retourna à Rome; il y mourut délaissé, après
avoir obtenu que les cardinaux conserveraient
leur calotte sur la tête en parlant au pape. »
Quand il passa à la Trappe, Rancé écrivait à l'abbé
Nicaise : « M. le cardinal de Bouillon est depuis
» trois jours ici, il a vu de près tout ce qui s'y
» passe, il n'a rien vu qu'il n'ait approuvé et qui
» ne l'ait touché. Il s'en retourne demain. »

Le cardinal de Bouillon s'écriait en répondant
à M. de Saint-Louis, à la Trappe, qui lui tenait
de bons propos : « Point de mort! point de mort,
» M. de Saint-Louis, je ne veux point mourir. »
Le cardinal de Bouillon avait un frère, lequel

disait de Louis XIV : « Ce n'est qu'un vieux gen-
» tilhomme de campagne dans son château : il
» n'a plus qu'une dent, et il la garde contre moi. »
Ce chevalier fit établir, sous la régence, un bal à
l'Opéra. Le régent s'y montrait ivre et le chevalier reçut pour ce service six mille livres de pension. On élargissait dans la bourse du peuple la
déchirure par où devait passer la France.

Il ne manquait plus qu'un roi à la Trappe : il
y vint; il avait porté trois couronnes. Jacques II,
chassé de son trône, avait débarqué sur les côtes
de France, menant son fils naturel : personne
ne fut frappé de cette confusion de mœurs;
Louis XIV donnait l'exemple. Les enfants illégitimes étaient alors fort considérés, excepté du
prince d'Orange; on lui voulait faire épouser
mademoiselle de Conti (mademoiselle de Blois),
fille de madame de La Vallière, il répondit : « Les
» princes d'Orange ne sont pas accoutumés à
» épouser des bâtardes. »

En voyant Jacques II, on ne songea qu'à la
générosité du roi sur le trône, et au malheur du
roi détrôné. De retour de son expédition d'Ir-
lande, Jacques se vint consoler à la Trappe. Le
canon qui l'avait chassé à la Boyne le repoussa
parmi les morts. Il y arriva le 21 novembre 1690.
Les lieux communs sur le néant des grandeurs ne

manquèrent pas aux banalités de l'éloquence : il
y eut pourtant cela de vrai à l'adresse de Jacques,
que sa piété était sincère. Rancé le conduisit à
l'église. Le prince assista à ces complies si religieusement et si tristement chantés. Il partagea
le repas commun et demanda à l'abbé ce qui se
passait dans la solitude. Le lendemain il communia,
puis parcourut entre deux étangs une chaussée où
se promenait Bossuet avec Rancé. Jacques était
un de ces oiseaux de mer que la tempête avait jeté
dans l'intérieur des terres. Il alla avec plusieurs
gentilshommes de son ancienne cour visiter un
solitaire jadis soldat de Louis XIV et qui s'était
retiré dans les bois de la Trappe. « A quelle heure
» entendez-vous la messe? dit le roi. — A trois heu-
» res et demie du matin, répondit l'ermite. — Com-
» ment pouvez-vous faire, dit lord Dumbarton,
» dans les temps de pluie et de neige où l'on ne
» peut distinguer les sentiers ? — Je rougirais,
» répondit le soldat, de compter pour quelque
» chose, des peines légères qui se rencontrent
» dans le service que je tâche de rendre à mon
» Dieu, après que j'ai méprisé celles qui se pou-
» vaient rencontrer dans le service que je rendais
» à mon roi. — Vous avez bien raison, dit Jac-
» ques, on ne peut assez s'étonner qu'on fasse
» tant pour un roi de la terre et presque rien

» pour le roi du ciel. — Mais, répondit lord Dum-
» barton, ne vous ennuie-t-il point dans cette
» solitude? — Je pense à l'éternité. — Votre état,
» ajouta le roi, prenant la parole, est plus heu-
» reux que celui des grands : vous mourrez de la
» mort des justes. » Puis il regarda le solitaire,
comme s'il eût envié son bonheur. Ensuite le sa-
luant, il lui dit : « Adieu, monsieur ; priez pour
» moi, pour la reine et pour mon fils. » Le gentilhomme lui fit une profonde révérence, et le roi regagna l'abbaye en passant par des prés bas et hu-
mides. Ce sont là de belles histoires : Dieu, un roi
détrôné, un soldat devenu ermite.

La reine de la Grande-Bretagne vint à son tour
visiter la solitude. L'aumônier de S. M. écrivit
le 2 juin 1692, à Rancé : « Vous avez entièrement
» gagné le cœur de la reine par les saintes impres-
» sions que Dieu a faites par votre ministère, sur
» le cœur du roi son époux ; car elle m'a fait l'hon-
» neur de me dire plus d'une fois qu'elle ne pou-
» vait assez louer Dieu des grâces qu'il avait re-
» çues à la Trappe. Il n'en fallait pas moins pour
» le soutenir dans les grandes et presque conti-
» nuelles disgrâces qu'il a essuyées depuis si long-
» temps, et qui semblaient augmenter à un point
» de mettre toute sa vertu à l'épreuve. »

Le roi d'Angleterre revint une seconde fois à

la Trappe avec le maréchal de Bellefonds, introduc-
teur aux ruines ; il avait vu du rivage le combat
de La Hogue. La Trappe méprisait le monde et
contemplait des chutes d'empire qui justifiaient
son mépris. On venait chercher dans cet abri
des raisons d'aimer le désert.

« Le roi d'Angleterre, dit Rancé, soutint la
» perte de trois royaumes avec une constance
» comparable à tout ce que nous lisons de plus
» grand dans les histoires. Il parle de ses enne-
» mis sans chaleur ; il garde une douceur dans
» toute sa conduite, qui ferait croire qu'il est dans
» le monde sans peine et sans affliction. La reine
» n'a point de sentiments qui ne soient conformes
» à ceux du roi son époux. Elle ne voit ce qu'on
» appelle les biens de ce monde que comme des
» lueurs qui ne font que passer et qui trompent
» ceux qui s'y arrêtent. »

Jacques II était un pauvre souverain ; mais
Rancé prenait son point de vue du ciel : qu'un
homme soit rédimé au prix des plus grands malheurs, son rachat vaut mieux que tous ces malheurs ; qu'une révolution renverse un Etat ou en
change la face, vous croyez qu'il s'agit des destinées du monde ? Pas du tout : c'est un particulier,
et peut-être le particulier le plus obscur, que Dieu
a voulu sauver : tel est le prix d'une âme chré-

tienne. Si des Etats sont bouleversés, c'est, dit l'apôtre, afin que les élus éprouvés parviennent à la gloire. Tout est pour les prédestinés, tout est subordonné à leur consommation; et quand leur nombre sera rempli, on verra de nouveaux cieux et une nouvelle terre.

Telle est la fatalité chrétienne : la fatalité antique vient de l'objet extérieur, la fatalité chrétienne vient de l'homme; je veux dire que le chrétien fait disparaître la nécessité par sa vertu; il ne détruit pas le mal, mais il en est le maître.

On conservait à la Trappe les portraits de Sa Majesté britannique; il était là conservé dans son écrin d'oubli. Dans sa jeunesse, Charles X vint apprendre à la Trappe la pénitence de Jacques II. La Trappe elle-même s'ensevelit sous ses ruines, puis elle a été déblayée; mais que sert, après un demi-siècle, de relever un vaisseau naufragé, quand ceux qui l'avaient chargé de leur fortune et de leurs espérances ne sont plus? Pendant ces jours de submersion que d'autres grandeurs ont disparu! On ne s'arrête plus pour écouter les échos des vieux malheurs.

Dans une lettre qui ne parvint à la Trappe qu'après la mort de Rancé, lord Perth mandait à l'abbé que Jacques avait dit avant d'expirer : « Je n'ai » rien quitté; j'étais un grand pécheur : la pros-

» périté m'aurait gâté le cœur, j'aurais vécu dans
» le désordre. » Jacques, plus heureux que Marie
Stuart, nous a laissé sa dépouille : Marie, voyant
s'éloigner les côtes de Normandie, s'écriait :
« Adieu, France, adieu; je ne te reverrai plus! »
Le bourreau, en tranchant la tête à la reine d'É-
cosse, lui enfonça d'un coup de hache sa coiffure
dans la tête, comme un effroyable reproche à sa
frivolité.

Au reste Rancé, tout vieux et tout malade qu'il
était, ne déclinait jamais le combat, mais aussitôt qu'il avait repoussé un coup, il plongeait dans
la pénitence : on n'entendait plus qu'une voix au
fond des flots, comme ces sons de l'harmonica,
produits de l'eau et du cristal, qui font mal.

Tel fut Rancé. Cette vie ne satisfait pas, il y
manque le printemps : l'aubépine a été brisée
lorsque ses bouquets commençaient à paraître,
Rancé s'était proposé de courir le monde pour
chercher des aventures. Qu'eût-il trouvé? Les félicités qu'il se forgeait à Véretz étaient dans son
âme. Supposez que prenant l'existence pour une
ironie du ciel, que devançant les idées de son époque, il eût rejeté cette existence, son sang eut à
peine humecté quelques brins de bruyère. Si,
s'embarrassant peu de l'avenir, il eût préféré à

l'éternité des nuits heureuses : autre mécompte ;
demain il n'aurait plus aimé.

Les hommes qui ont vieilli dans le désordre
pensent que quand l'heure sera venue, ils pourront facilement renvoyer de jeunes grâces à leur
destinée comme on renvoie des esclaves. C'est une
erreur ; on ne se dégage pas à volonté des songes ;
on se débat douloureusement contre un chaos où
le ciel et l'enfer, la haine et l'amour, l'indifférence
et la passion se mêlent dans une confusion effroyable. Vieux voyageur alors, assis sur la borne du
chemin, Rancé eut compté les étoiles en ne se fiant
à aucune, attendant l'aurore qui ne lui eut apporté
que l'ennui du cœur et la disgrâce des années.
Aujourd'hui il n'y a plus rien de possible, car les
chimères d'une existence active sont aussi démontrées que les chimères d'une existence désoccupée. Si le ciel eût mis aux bras de Rancé les
fantômes de sa jeunesse, il se fût tôt fatigué de
marcher avec des Larves. Pour un homme comme
lui il n'y avait que le froc ; le froc reçoit les confidences et les garde ; l'orgueil des années défend
ensuite de trahir le secret, et la tombe le continue.
Pour peu qu'on ait vécu, on a vu passer bien des
morts emportant dans leurs bras leurs illusions.
Heureux celui dont la vie est *tombée en fleurs :*

élégances de l'expression d'un poète qui est femme.

Depuis long-temps malade à l'infirmerie, les derniers moments de Rancé s'approchaient. Il n'y avait personne pour porter la main sur le cœur de ce Christ. Lorsque Jésus pria son Père d'éloigner de lui le calice, qui tenait son doigt sur le pouls du Fils de l'homme pour savoir si des larmes sanglantes venaient de la faiblesse humaine ou de l'épanouissement d'un cœur qui se fendait de charité?

Les religieux se pressaient à sa porte; il dicta une lettre dont le père abbé Jacques de La Cour leur fit lecture : « Dieu, disait-il, connaît seul mes » forces et la joie que j'aurais de vous voir; ce- » pendant quoique ce sentiment soit dans mon » cœur plus que jamais, je suis contraint de vous » dire que, dans l'état où je me trouve, il m'est » impossible de satisfaire à cette joie autant que » je le voudrais. Priez pour moi, mes frères; de- » mandez à Dieu que si je vous suis encore bon » à quelque chose, il me rende à la santé, sinon » qu'il me retire de ce monde. »

On envoya chercher l'évêque de Séez, l'ami et le confesseur de Rancé. Rancé témoigna beaucoup de joie en l'apercevant; il saisit la main du prélat, la porta à son front pour commencer le signe de la croix; il fit ensuite une confession générale. Il supplia l'évêque de Séez d'obtenir la protection royale en faveur de la discipline monastique de l'abbaye, ajoutant que dans toutes les autres choses, il souhaitait que la Trappe fût complétement oubliée.

Cette famille de la religion autour de Rancé avait la tendresse de la famille naturelle et quelque chose de plus; l'enfant qu'elle allait perdre était l'enfant qu'elle allait retrouver : elle ignorait ce désespoir qui finit par s'éteindre devant l'irréparabilité de la perte. La foi empêche l'amitié de mourir; chacun en pleurant aspire au bonheur du chrétien appelé; on voit éclater autour du juste une pieuse jalousie, laquelle a l'ardeur de l'envie, sans en avoir le tourment.

Rancé, apercevant un religieux qui pleurait, lui tendit la main et lui dit : « Je ne vous quitte pas, » je vous précède. » Le Tasse avait adressé les mêmes mots aux frères qui l'environnaient à Saint-Onuphre. Rancé demanda d'être enterré dans la terre la plus abandonnée et la plus déserte : sur un champ de bataille où l'on n'entend plus de bruit, on voit sortir du sol les pieds de quelques soldats.

Job mourut dans le petit réduit qu'il s'était fait, comme le palmier dont les branches sont

Telle est la fatalité chrétienne : la fatalité antique vient de l'objet extérieur, la fatalité chrétienne vient de l'homme; je veux dire que le chrétien crée la nécessité par sa vertu; il ne détruit pas le mal; il en est le maître.

On gardait à la Trappe les portraits de Sa Majesté britannique; il était conservé là dans son écrin d'oubli. Dans sa jeunesse, Charles X vint apprendre à la Trappe la pénitence de Jacques II. La Trappe elle-même s'ensevelit sous ses ruines, puis elle a été déblayée; mais que sert, après un demi-siècle, de relever un vaisseau naufragé, quand ceux qui l'avaient chargé de leur fortune et de leurs espérances ne sont plus? Pendant ces jours de submersion que d'autres grandeurs ont disparu! on ne s'arrête plus pour écouter les échos des vieux malheurs.

Après le roi d'Angleterre, Monsieur, frère du roi, vint visiter la Trappe. Dans l'enthousiasme de ce qu'il avait vu, il dit à Louis XIV « que la vie » qu'on menait dans cette solitude n'édifiait pas » seulement la France, mais toute l'Europe, et » qu'il était avantageux à l'État de la maintenir. » Monsieur était tout le contraire de la sublimité ascétique. Il était fou du bruit des cloches; il em-

18

poisonna peut-être sa première femme, Henriette
d'Angleterre. Sa seconde femme fut Charlotte-
Élisabeth, fille de Charles-Louis, électeur de Bavière. Celle-ci, aussi laide que Henriette avait
été agréable, était grossière : elle avait beaucoup
d'esprit en allemand ; elle est connue par le
cynisme avec lequel elle parle d'elle-même et du
grand roi son beau-frère. Elle écrivait : « Dans
» tout l'univers entier on ne peut, je crois, trou-
» ver de plus laides mains que les miennes; mes
» yeux sont petits, j'ai le nez court et gros, les
» lèvres longues et plates, de grandes joues pen-
» dantes, une figure longue ; je suis très-petite de
» stature; ma taille et ma jambe sont grosses. »
S'étant arrangée de cette façon, on peut juger
qu'elle était à l'aise pour parler de son prochain ;
une imagination romanesque était renfermée dans
ce qu'elle appelle *ce vilain petit laideron.*

Le cardinal de Bouillon suivit Monsieur. « Sa
» naissance, dit Pellisson, ses mœurs, son esprit
» le rendaient digne d'être cardinal, et le roi
» cherchait à récompenser et à honorer par cette
» faveur les services du comte de Turenne dans
» la personne de son neveu. » « Ce n'est pas l'opinion de Saint-Simon qui maltraite fort le cardinal
de Bouillon : « Ses regards louches venaient se re-

joindre et s'arrêter au bout de son nez. Dépouillé du cordon bleu par le roi, il le portait sous ses habits. Exilé à Clauk, il passa chez les ennemis; de là il retourna à Rome; il y mourut délaissé, après avoir obtenu que les cardinaux conserveraient leur calotte sur la tête en parlant au pape. » Quand il passa à la Trappe, Rancé écrivait à l'abbé Nicaise : « M. le cardinal de Bouillon est depuis » trois jours ici, il a vu de près tout ce qui s'y » passe, il n'a rien vu qu'il n'ait approuvé et qui » ne l'ait touché. Il s'en retourne demain. »

Le cardinal de Bouillon s'écriait en répondant à M. de Saint-Louis, qui lui tenait de bons propos à la Trappe : « Point de mort! point de mort, » M. de Saint-Louis, je ne veux point mourir. » Le cardinal de Bouillon avait un frère, lequel disait de Louis XIV : « Ce n'est qu'un vieux gen- » tilhomme de campagne dans son château : il » n'a plus qu'une dent, et il la garde contre moi. » Ce chevalier fit établir, sous la régence, un bal à l'Opéra. Le régent s'y montrait ivre et le cheva- lier reçut pour ce service six mille livres de pen- sion. On élargissait dans la bourse du peuple la déchirure par où devait passer la France.

Dans une lettre qui ne parvint à la Trappe qu'a- près la mort de Rancé, lord Perth mandait à l'abbé

18.

que Jacques avait dit avant d'expirer : « Je n'ai
» rien quitté ; j'étais un grand pécheur : la pros-
» périté m'aurait gâté le cœur, j'aurais vécu dans
» le désordre. » Jacques, plus heureux que Marie
Stuart, nous a laissé sa dépouille : Marie, voyant
s'éloigner les côtes de Normandie, s'écriait :
« Adieu, France, adieu ; je ne te reverrai plus ! »
Le bourreau, en tranchant la tête à la reine d'É-
cosse, lui enfonça d'un coup de hache sa coiffure
dans la tête, comme un effroyable reproche à sa
frivolité.

Boivin est un dernier des hommes du siècle
avec qui Rancé eut affaire. Il écrivait le 18 octobre 1696 à l'abbé Nicaise : « Je ne sais comment
» vous avez pu avoir l'arrêt du parlement de
» Rouen contre le sieur Boivin ; mais si vous con-
» naissiez jusqu'où va sa violence et son empor-
» tement, vous auriez peine à croire qu'un homme
» d'étude comme lui pût tomber dans de si grands
» excès. » Le procès que Boivin eut avec la
Trappe était pour une redevance de vingt-quatre
sous, il dura douze ans et coûta douze mille livres. « Je l'ai gagné pendant douze ans, écrivait
» Boivin, et je ne l'ai perdu qu'un seul jour. »

Au reste Rancé, tout vieux et tout malade qu'il
était, ne déclinait jamais le combat, mais aussi-

tôt qu'il avait repoussé un coup, il plongeait dans la pénitence : on n'entendait plus qu'une voix au fond des flots, comme ces sons de l'harmonica produits de l'eau et du cristal, qui font mal.

Tel fut Rancé. Cette vie ne satisfait pas, il y manque le printemps : l'aubépine a été brisée lorsque ses bouquets commençaient à paraître, Rancé s'était proposé de courir le monde pour chercher des aventures. Qu'eût-il trouvé? Les félicités qu'il se forgeait à Véretz? Non : ces félicités étaient dans son âme. Supposez que prenant l'existence pour une ironie du ciel et que devançant les idées de son époque, il eût rejeté cette existence, son sang eût à peine humecté quelques brins de bruyère. Si, s'embarrassant peu de l'avenir, il eût préféré des plaisirs à l'éternité : autre mécompte; demain il n'aurait plus aimé.

Les hommes qui ont vieilli dans le désordre pensent que quand l'heure sera venue, ils pourront facilement renvoyer de jeunes grâces à leur destinée, comme on renvoie des esclaves. C'est une erreur; on ne se dégage pas à volonté des songes; on se débat douloureusement contre un chaos où le ciel et l'enfer, la haine et l'amour se mêlent dans une confusion effroyable. Vieux voyageur alors, assis sur la borne du chemin, Rancé eût compté les étoiles en ne se fiant à aucune, attendant l'aurore qui ne lui eût apporté que l'ennui du cœur et la difformité des jours. Aujourd'hui il n'y a plus rien de possible, car les chimères d'une existence active sont aussi démontrées que les chimères d'une existence désoccupée. Si le ciel eût mis aux bras de Rancé les fantômes de sa jeunesse, il se fût tôt fatigué de marcher avec des Larves. Pour un homme comme lui il n'y avait que le froc; le froc reçoit les confidences et les garde; l'orgueil des années défend ensuite de trahir le secret, et la tombe le continue. Pour peu qu'on ait vécu, on a vu passer bien des morts emportant leurs illusions. Heureux celui dont la vie est *tombée en fleurs!* élégances de l'expression d'un poète qui est femme.

Ce que l'on serait souvent tenté de prendre dans Rancé pour les allures et les pensées d'un tout jeune homme, n'était que le sentiment d'un vieillard décrépit qui ne marchait plus et dont la tête était enfoncée dans un froc, comme une de ces momies de moine que renfermaient les caveaux de quelques anciens monastères. Les os de Rancé s'étaient cariés; il ne possédait plus que deux grands yeux où avait circulé la passion et où se montrait encore l'intelligence. Réduit à garder l'infirmerie, ses derniers moments approchaient ; il n'y avait personne pour porter la main sur le cœur de ce christ. Lorsque Jésus pria son Père d'éloigner de lui le calice, qui tenait son doigt sur le pouls du Fils de l'homme, pour savoir si des larmes sanglantes venaient de la faiblesse humaine ou de l'épanouissement d'un cœur qui se fendait de charité ?

Les religieux se pressaient à sa porte, il dicta une lettre dont le père abbé Jacques de La Cour leur fit lecture : « Dieu, disait-il, connaît seul mes » forces et la joie que j'aurais de vous voir ; ce- » pendant quoique ce sentiment soit de mon » cœur plus que jamais, je suis contraint de vous » dire que, dans l'état où je me trouve, il m'est » impossible de satisfaire à cette joie autant que » je le voudrais. Priez pour moi, mes frères ; de- » mandez à Dieu que si je vous suis encore bon » à quelque chose, il me rende à la santé, sinon » qu'il me retire de ce monde. »

On envoya chercher l'évêque de Séez, l'ami et le confesseur de Rancé. Rancé témoigna beaucoup de joie en l'apercevant ; il saisit la main du prélat, la porta à son front pour commencer le signe de la croix ; il fit ensuite une confession générale. Il supplia l'évêque de Séez d'obtenir la protection royale en faveur de la discipline monastique de l'abbaye, ajoutant que dans toutes les autres choses, il souhaitait que la Trappe fût complétement oubliée.

Cette famille de la religion autour de Rancé avait la tendresse de la famille naturelle et quelque chose de plus; l'enfant qu'elle allait perdre était l'enfant qu'elle allait retrouver : elle ignorait ce désespoir qui finit par s'éteindre devant l'irréparabilité de la perte. La foi empêche l'amitié de mourir; chacun en pleurant aspire au bonheur du chrétien appelé; on voit éclater autour du juste une pieuse jalousie, laquelle a l'ardeur de l'envie, sans en avoir le tourment.

Rancé, apercevant un religieux qui pleurait, lui tendit la main et lui dit : « Je ne vous quitte pas, » je vous précède. » Le Tasse avait adressé les mêmes mots aux frères qui l'environnaient à Saint-Onuphre. Rancé demanda d'être enterré dans la terre la plus abandonnée et la plus déserte : sur un champ de bataille où l'on n'entend plus de bruit, on voit sortir du sol les pieds de quelques soldats.

Job mourut dans le petit réduit qu'il s'était fait, comme le palmier dont les branches sont chargées de rosée. Rancé entretint le prélat de l'empressement que ses frères avaient mis à le soulager : « Voilà, dit-il, comme Dieu a pris plai- » sir à me favoriser dans tous les temps de ma » vie, et je n'ai été qu'un ingrat. » Le P. abbé Jacques de La Cour entrait dans ce moment; Rancé lui dit : « Ne m'oubliez pas dans vos priè- » res, je ne vous oublierai pas devant Dieu. » Il chargea Jacques de La Cour de faire ses excuses au roi d'Angleterre : il avait commencé une lettre pour ce monarque exilé qu'il n'avait pas pu ache- ver. La nuit suivante fut mauvaise; Rancé la passa assis : il avait mis les sandales d'un religieux mort avant lui ; il allait achever le voyage qu'un autre n'avait pu finir.

L'évêque de Séez lui ayant demandé s'il avait toujours eu pour ses religieux la même charité : « Oui, monseigneur, répondit le saint homme. » Depuis quelques années, par la grâce de Dieu, » je ne suis plus qu'un simple religieux comme » les autres; ils sont tous mes frères et ne sont » plus mes enfants. S'il m'était permis de regret- » ter la perte de ma voix, ma douleur serait de » ne pouvoir leur faire entendre combien je les » aime; je les conserve au fond de mon cœur » et j'espère les y porter devant Dieu. » Sur les huit heures du soir Rancé se découvrit, il pria un frère de le mettre à genoux pour recevoir la bénédiction de son évêque, il fit une confession générale. L'évêque de Séez, dans son récit qui est conservé, dit qu'il avait connu dans cette occasion plus qu'en aucune autre que ce grand homme avait reçu de Dieu un esprit élevé, vif, pénétrant, une âme simple et d'une candeur admirable.

Plus Rancé s'était avancé vers le terme, plus il était devenu serein; son âme répandait sa clarté sur son visage : l'aube s'échappait de la nuit. On présenta le crucifix au mourant; il s'écria : « O » éternité ! quel bonheur ! » et il embrassa le signe du salut avec la plus vive tendresse; il baisa la tête de mort qui était au pied de la croix. En remettant cette croix à un moine, il remarqua que celui-ci ne l'imitait pas, il dit : « Pourquoi ne bai- » sez-vous pas la tête de mort? c'est par elle que » finit notre exil et notre misère. » Rancé se souvenait-il de la relique que la tradition disait être placée auprès de lui? Dans les âges les plus fervents, les chrétiens pratiquaient encore quelques rites du culte des faux dieux.

Le lit de cendres était préparé; Rancé le regarda tranquille avec une sorte d'amour, puis il céda lui-même à se coucher sur le lit d'honneur; l'évêque de Séez dit : « Monsieur, ne demandez-vous pas

» pardon à Dieu?—Monsieur, répondit l'abbé, je
» supplie Dieu très-humblement du fond de mon
» cœur de me remettre mes péchés et de me re-
» cevoir au nombre de ceux qu'il a destinés à
» chanter éternellement ses louanges. » Les forces
venant à lui manquer, il s'arrêta. L'évêque dit :
« Monsieur, me reconnaissez-vous? — Monsieur,
» répliqua l'abbé, je vous connais parfaitement ;
» je ne vous oublierai pas. »

L'évêque de Séez s'étant enquis si l'on avait
donné quelque chose au mourant pour le soutenir,
l'abbé de Rancé fit lui-même la réponse : « Rien
» n'a manqué à l'attention de leur charité. »

Il s'établit par les paroles de l'Écriture un dernier dialogue entre l'agonisant et l'évêque.

L'ÉVÊQUE. — Le Seigneur est ma lumière et
mon salut.

L'ABBÉ. — Je mettrai en lui toute ma confiance.

L'ÉVÊQUE. — Seigneur, c'est vous qui êtes mon
protecteur et mon libérateur.

L'ABBÉ. — Ne tardez pas, mon Dieu, hâtez-vous
de venir.

Ce furent les dernières paroles de Rancé. Il regarda l'évêque, leva les yeux au ciel et rendit
l'esprit. Il fut enterré dans le cimetière commun
des religieux.

Ainsi se consomma le sacrifice. Le repentir vous isole de la société et n'est pas estimé à son prix. Toutefois l'homme qui se repent est immense : mais qui voudrait aujourd'hui être immense sans être vu ? Rancé arriva de sa hutte d'argile à la maison de Dieu, maison magnifique.

Rancé fut porté à l'église et placé sous la lampe. Son visage, qui avait paru décharné, parut vermeil et beau. Il demeura dans l'église depuis le 27 octobre jusqu'au 29. Les moines se tenaient debout ou fondaient en larmes : c'était à qui ferait toucher au corps des linges et des chapelets. Trente religieux chantaient les psaumes : des messes se célébraient successivement dans l'église. Lorsqu'on le mit dans la fosse, le chœur récitait ce verset du psaume cxxxi : « C'est là que j'habiterai parce que je l'ai choisi. » On l'inhuma dans le cimetière. Le pasteur fut placé au milieu de ses brebis. Des témoignages authentiques furent rendus à Rancé qui pourraient servir aujourd'hui à sa canonisation. Il apparut après sa mort à diverses personnes dans une grande gloire. Les rois témoignèrent de leur douleur, soit qu'ils fussent tombés, soit qu'ils occupassent encore le trône. Jacques écrivait : « J'irai dans » votre sainte solitude pour l'amour de moi-

» même, pour m'encourager dans l'état où je suis
» et où Dieu me tient. »

« C'était une voix de tonnerre, dit le P. Le
» Nain, qui retentissait de tous côtés pour inspi-
» rer aux hommes le mépris du monde, le néant
» de ses grandeurs, la solidité des biens de la vie
» future. » Des conversions éclatantes s'opérè-
rent. Un religieux avait entendu dans son sommeil une sainte hostie qui criait : « Tremblez,
» tremblez, tremblez ! » et il fut si saisi de terreur, qu'on fut long-temps à le faire revenir. Des
épileptiques furent guéris en s'appliquant des linges qui avaient servi à la main malade du réformateur. Les certificats ont été conservés, et Rome
n'aurait pas besoin d'une longue procédure pour
le placer au rang des saints. Son cœur était dans
le repos, et l'Esprit divin avait rempli son âme de
splendeur.

Saint-Simon dit en s'interrompant : « Ces mé-
» moires sont trop profanes pour rapporter rien
» ici d'une vie aussi sublimement sainte. Je m'ar-
» rête tout court : tout ce que je pourrais ajouter
» serait ici trop déplacé. »

Né le 9 janvier 1626, seize ans après la mort
d'Henri IV, mort en 1700, quinze ans avant la
mort de Louis XIV, Rancé avait été soixante-qua-

torze ans sur la terre, dont il avait vécu trente-sept dans la solitude, pour expier les trente-sept qu'il avait passés dans le monde.

Lorsqu'il disparut, une foule d'hommes fameux avaient déjà pris les devants, Pascal, Corneille, Molière, Racine, La Fontaine, Turenne et Condé : le vainqueur de Rocroi avait reçu de Bossuet sa dernière couronne. Bossuet, dont je vous ai déjà dit la mort, penchait vers sa ruine, qu'il avait annoncée avec une simplicité si magnifique. Ce siècle est devenu immobile comme tous les grands siècles; il s'est fait le contemporain des âges qui l'ont suivi. On ne voit pas tomber quelques pierres de l'édifice sans un sentiment de douleur. Quand Louis XIV descend le dernier au cercueil, on est atteint d'un inconsolable regret. Parmi les débris du passé se remuaient les premiers nés de l'avenir : quelques renommées commençaient à poindre sous la protection d'un roi décrépit encore debout. Voltaire naissait; cette désastreuse mémoire avait pris naissance dans un temps qui ne devait point passer : la clarté sinistre s'était allumée au rayon d'un jour immortel.

L'ouvrage de Rancé subsiste. Rancé s'est éloigné de sa solitude comme Lycurgue de la vallée

de Lacédémone, en faisant promettre à ses disciples qu'ils garderaient ses lois jusqu'à son retour.
Rancé est parti pour le ciel; il n'est point revenu
sur la terre; ses lois sont religieusement obser-
vées par son petit peuple. Les Trappistes ont vu
s'écouler autour d'eux les autres ordres; ils ont vu
passer la Révolution et ses crimes, Bonaparte et
sa gloire, et ils ont survécu; tant il y avait de
force dans cette législation surhumaine! Les nouveaux cénobites de la Trappe sont parfaitement
conformes à ceux qui habitaient ce désert en
onze cent : ils ont l'air d'une colonie du moyen
âge oubliée; on croirait qu'ils jouent une scène
d'autrefois, si en s'approchant d'eux on ne s'a-
percevait que ces acteurs sont des acteurs réels,
que l'ordre de Dieu a transportés du XIe siècle
jusqu'au nôtre. La cryptie de Sparte était la poursuite et la mort des esclaves; la cryptie de la
Trappe est la poursuite et la mort des passions.
Ce phénomène est au milieu de nous, et nous ne
le remarquons pas. Les institutions de Rancé ne
nous paraissent qu'un objet de curiosité que nous
allons voir en passant.

 FIN.

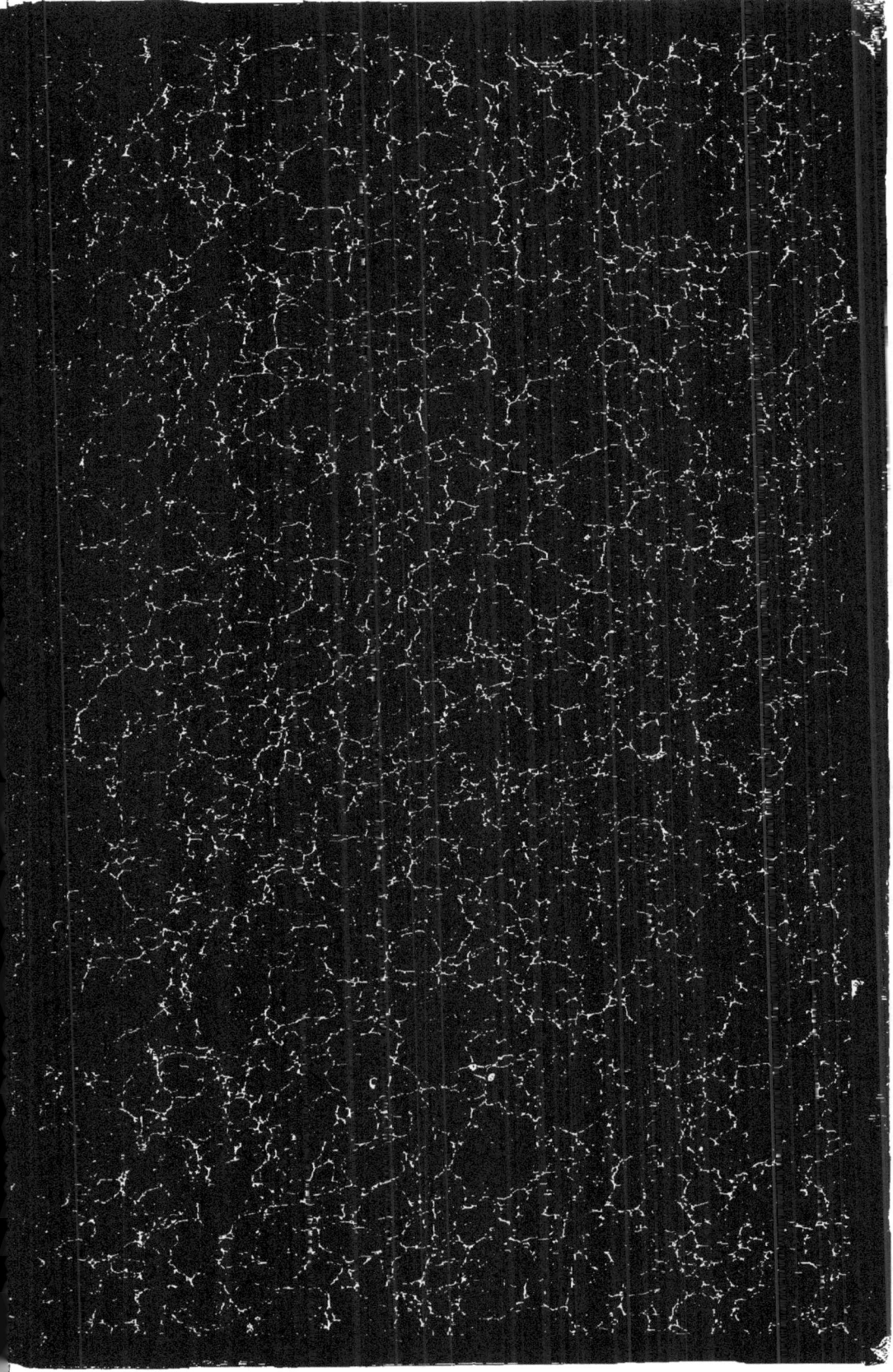